俄罗斯经典文学译丛

U0813375

未说出口的话

王金玲◎主编

[俄]帕维尔·彼得罗维奇·巴若夫 等◎著

王金玲 单妮娜 张婵 等◎译

西苑出版社
XIYUAN PUBLISHING HOUSE
·北京·

图书在版编目（CIP）数据

未说出口的话 / (俄罗斯) 帕维尔·彼得罗维奇·巴若夫等著 ; 王金玲等译. -- 北京 : 西苑出版社有限公司, 2025. 2. -- (俄罗斯经典文学译丛). -- ISBN 978-7-5151-0995-4

Ⅰ. I512.45

中国国家版本馆CIP数据核字第2025B6P313号

未说出口的话

WEI SHUO CHU KOU DE HUA

作　　者　[俄]帕维尔·彼得罗维奇·巴若夫　等
译　　者　王金玲　等
责任编辑　汪昊宇
责任校对　辛小雪
责任印制　李仕杰
开　　本　880 毫米 ×1230 毫米　1/32
印　　张　10.25
字　　数　230 千字
版　　次　2025 年 2 月第 1 版
印　　次　2025 年 2 月第 1 次印刷
印　　刷　三河市嘉科万达彩色印刷有限公司
书　　号　ISBN 978-7-5151-0995-4
定　　价　78.00 元

出版发行　西苑出版社有限公司　北京市朝阳区利泽东二路 3 号　邮编：100102
发 行 部　（010）84254364
编 辑 部　（010）64214534
总 编 室　（010）88636419
电子邮箱　xiyuanpub@163.com
法律顾问　北京植德律师事务所（电话）17600603461

目 录

03 弗谢沃洛德·米哈伊洛维奇·迦尔洵

04 鲍里斯·斯捷潘诺维奇·日特科夫

05 米哈伊尔·米哈伊洛维奇·左琴科

01

帕维尔·彼得罗维奇·巴若夫

Павел Петрович Бажов

《铜矿山女神》

《银蹄山羊》

《孔雀石首饰盒》

《宝石花》

《两只蜥蜴》

《小塔尤特卡的小镜子》

帕维尔·彼得罗维奇·巴若夫

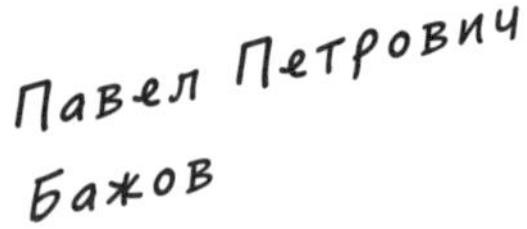

帕维尔·彼得罗维奇·巴若夫（1879—1950），俄罗斯作家、民间口头创作研究者、政论家、新闻记者。出生于矿工家庭，曾任俄语教师。作家以乌拉尔山区的民间童话创作闻名于世。作家十分热爱自己的家乡，记录了大量的民间传说，这些具有魔幻色彩的民间传说在被长期囚禁在地下矿井从事艰苦劳动的乌拉尔山区矿工中广泛流传。作家在这些民间传说的基础上共创作了64篇童话作品，有59篇童话作品发表，另外5篇处于未完成状态。巴若夫的童话作品大多以真实人物和事件为原型，作品的主人公都是普通人，包括采矿工匠、矿场工人、手工淘洗工、石头雕刻工等，尽管他们还处于农奴地位，但他们以追求精湛的技艺为幸福，以坚韧不拔的精神和耐力赋予无生命的矿石以生命的气息。而帮助这些主人公实现梦想的神话人物也鼓励这些普通人通过自身的诚实、善良和机智去打开铜矿山的宝石通道。巴若夫创作的这些乌拉尔童话是属于全人类的，体现了人类的博爱思想，这些童话故事鼓舞了一代又一代年轻人奋发有为、勇于斗争的精神和意志。本卷选取了作家在1936年至1941年间创作的6部深受俄罗斯少年儿童喜爱的作品:《铜矿山女神》《银蹄山羊》《孔雀石首饰盒》《宝石花》《两只蜥蜴》《小塔尤特卡的小镜子》。

铜矿山女神

帕维尔·彼得罗维奇·巴若夫 著

王金玲 译

有一天，我们矿上的两名矿工去山上割草，可是草场离他们家很远，在谢维卢什卡河*对岸的那座山上。

户外骄阳似火，天气十分炎热。正值酷暑难耐的季节。两个人在山上拼命地割草，这座山就是著名的古缪什卡铜矿山**。矿工们通常来这座山上挖掘孔雀石，抓山雀鸟。有时他们很幸运，能挖到一块天然的、形状不规则的晶体铜矿，又或许能碰到一块什么别的稀缺石头。

这两个人当中的一个是年轻的小伙子，还没结婚，他割了一会儿草，已经累得筋疲力尽了。另一个人比他年长一些，这样

* 谢维卢什卡河是俄罗斯丘索瓦河的一条支流，在距谢韦尔斯克矿场三公里处注入丘索瓦河。——译者注

** 古缪什卡铜矿山的简称是古缪什卡山，此铜矿产地是1702年被农民探矿员谢尔盖·巴滨河柯兹马·苏列耶夫发现的。——译者注

炎热的天气更让他上气不接下气起来。他满眼冒金星，脸色发青，还时不时地咳嗽着。

森林里一片欢愉的景象。鸟儿们高兴地唱着歌儿，它们从地上一跃而起，轻轻地扇动着翅膀，在这样炎热的天气里，这两个人已经汗流浃背，完全没有力气了。于是他们来到了克拉斯诺戈尔斯基山，当时这座山是人们采挖铁矿石的地方。两个人在这里找到了一棵花楸树，躺到树下的草地上，不一会儿就睡着了。睡着睡着，那个年轻人像被谁不小心碰到肋骨一样，突然醒了。他睁开眼睛一看，面前的一块大石头旁有一堆矿石，上面坐着一个女人。她背朝着年轻人，但从她背上垂下来的一根辫子可以看出这是一个少女。她的辫子呈灰黑色，不像我们矿上年轻的女孩子那样散着头发披在肩上，而是一条辫子整齐地垂在脑后。辫子梢儿上系着一束丝带，忽而是红色的，忽而又变成了绿色。

辫子上的丝带一闪一闪的，像金黄的叶子一样发出窸窣的声音。小伙子对这个辫子很是好奇，于是他沿着辫子底端的丝带慢慢向上移动着自己的目光。他发现这个女孩子个子不高，身材十分匀称。她没有一动不动地坐在那里，而是像一个车轮一样，在一个地方立不住。她一会儿身体向前弯下，似乎在脚下寻找着什么，一会儿又向后仰头，一会儿向左侧弯下，一会儿又向右侧弯下，一会儿站起身来挥动几下手臂，然后又向前弯下身。总之，这是一个十分伶俐的女孩子。小伙子只听见她嘴里在嘟囔着什么，但是她说的是什么语言，他却不知道，她在和谁说话，他也看不见。只听见她不断地发出笑声，看得出，她十分高兴。

小伙子本来想和女孩子说句话，但他突然醒悟过来。

“我的天呀，这不是铜矿山女神嘛！一看她身上穿的衣服就应该明白的。可是我为什么没能马上认出她来呢？原来是她的辫子分散了我的注意力！”

而她的衣服真的是独一无二的，在世界上其他任何地方都找不出第二件来。你知道吗，那是一件用丝一样柔软的孔雀石做成的裙子。世界上真的有这种矿石。这种石头看起来就像丝一样柔软，让你很想用手抚摸它。

“这可要大祸临头了！”小伙子心想，“最好趁她还没发现赶紧离开这里。”他以前听老人们说过，这个女神呢，也就是孔雀石女神，总是喜欢捉弄人。

他刚想到这儿，女神就突然转过身来，高兴地看着小伙子，并露出洁白的牙齿，与小伙子开玩笑似的说道：

“你怎么能这样呢，斯捷潘·彼得罗维奇，你打算就这样白白地看一个女孩子的美貌吗？女孩子的美貌是不能白看的，那是要收费的。来，你过来，到我身边来，和我说说话。”

小伙子别提多害怕了，但是他外表上并没有表现出恐惧来。他故作镇静，心想，尽管她有神奇的力量，但不管怎么说也是一个女孩子。而他毕竟是一个有力气的小伙子，再说如果他在一个女孩子面前表现出胆怯的样子，那是十分丢人的。

“我可没工夫和你说话。我本来就睡过头了，还得去割草呢。”

她笑了一阵，然后说：

“别找什么借口了。我说让你过来，是有正事要和你说。”

小伙子一看，也找不出什么推托的理由了，于是朝她走了过去。可是她却伸出了一只胳膊，示意他从山的另一侧绕过去。他就绕到了山的后侧，发现地上有无数只蜥蜴，而且它们的颜色也是千差万别的：有的是草绿色的，有的是浅蓝色的，它们都在往蓝色矿石的下面钻。有的蜥蜴是像带金色斑点的黏土或沙土一样的颜色，有的像玻璃或者云母一样闪闪发光，有的像枯草一样无精打采，还有的像花纹一样楚楚动人。

女孩子微笑着说：

“你注意点儿，别踩到我的军队，斯捷潘·彼得罗维奇。你的身材那么高大魁梧，而我的部下们都是那么瘦小。”

说完，她的两只小手一拍，蜥蜴们就跑到了两侧，给斯捷潘让出一条道来。

小伙子走到她面前站住了，这时她又拍了一下小手，一边笑着一边说：

“现在你可不能乱动了。万一你踩死我的部下，你就要倒霉了。”

他看了一眼自己的脚下，可那里没有泥土。所有的蜥蜴都钻到了一个地方，而他的脚下却突然变成了有花纹的地板。斯捷潘再仔细一看——天啊，这不就是铜矿石嘛！这里的矿石种类有很多啊，而且每种矿石的表面都被打磨得很光滑。有云母，有闪锌，还有各种像孔雀石一样发光的矿石。

“怎么，你现在认出我来了，斯捷潘奴什卡*？”孔雀石女神问道，说完自己就哈哈大笑起来。

她沉默了一会儿，又接着说道：

“你不用怕，我又不会伤害你。”

小伙子不高兴了，他觉得女孩子是在嘲笑他，而且还说出

* 斯捷潘奴什卡是斯捷潘的小名，俄语中用名字加父称的称呼表示尊重，用名字的小名和指小表爱形式称呼表示关系的亲近。——译者注

这种瞧不起他的话来。他很气愤，甚至大喊起来：

“我既然敢来山里干活儿，就谁也不怕！”

“那最好啦，”孔雀石女神说道，“我正好需要找一个谁也不怕的人。明天你到矿场看到你们的管家之后，就把我说的话转告他。你千万要记住我下面说的话。你就对他说：‘铜矿山的女主人命令你这个臭气熏天的畜生马上滚出克拉斯诺戈尔斯基山。如果你再敢来破坏我山顶上的铁矿，我就把古缪什卡山上的所有铜矿都转移到克拉斯诺戈尔斯基山的山顶，让你们永远也开采不了铁矿。’”

她说完这番话之后就微微眯起了眼睛，然后继续说道：

“你听明白了吗，斯捷潘奴什卡？你不是说你在山上干活儿谁也不怕吗？那就把我说的话一字不差地转告给你们矿场的管家吧！你现在可以走了，去找那个和你一起来的人吧，但你一个字也不要对他讲。他已经饱受折磨而身心疲惫了，不要让他再为此事担惊受怕了，更不要把他卷进这件事情里。”然后女神转身对她身边的山雀说，让它帮助斯捷潘去做这件事儿。

紧接着，女神又双手一拍，所有的蜥蜴开始向四面八方跑去。而她自己也站了起来，一只手抓起一块石头，也像蜥蜴一样上下跳动着，在石头上跑了起来。她的手和脚突然变成了绿色的爪子，尾巴也露了出来，在她脊骨的上半部分出现了一条黑色的条纹，但她的头仍然是人头。她爬到山顶之后，转过头来对斯捷潘说道：

“斯捷潘奴什卡，你别忘了我让你转告他的话，你告诉他，‘女神命令你这个臭气熏天的畜生从克拉斯诺戈尔斯基山滚出去’。如果你能按我说的去做，我就会嫁给你。”

小伙子一气之下甚至吐了一口唾沫，说道：

“哼，你这只臭蜥蜴，我怎么会娶你呢？！”

而她看见他在吐唾沫，却哈哈大笑起来。

“好吧，”她对小伙子喊道，“这个话题我们以后再谈，或许你会改变主意呢！”

说完，她的那条绿尾巴一闪，就消失在一个小山丘的后面不见了。

小伙子一个人留在山上，四周静悄悄的，只听见和他一起来的那个人在一小堆矿石后面打着呼噜。他走过去叫醒了那个人。他们回到了自己的草场，看了看草的长势，傍晚前就回家了。而斯捷潘脑海里始终在琢磨着一件事：他该怎么办呢？对管家说出那番话可是一件非同小可的事儿啊，而这个人的身上的确散发着臭味儿，据说，他的内脏里有个什么东西坏了。左思右想，他也不敢不向他转告女神说的那番话。要知道，她可是铜矿山的女神啊！她可以随时随地把铜矿都压到铁矿上。看来只好完成女神交给他的这个任务了，总不能在一个女孩子面前失信吧！总不能让她把自己看成一个吹牛大王吧！

他仔细想了想，暗下了决心：

“不管怎样，我都得照她说的去做。”

第二天早晨，矿场的人都聚集在升降机的旁边等待下井，这时矿场的管家走了过来，在场的所有人理所当然都摘下了帽子，不敢说话。而斯捷潘却走到他跟前说道：

“我昨天看见铜矿山女神了，她吩咐我给你带几句话。她让你这个臭气熏天的畜生滚出克拉斯诺戈尔斯基山。如果你再去破坏这座山，她就会把古缪什卡山上所有的铜矿都压到那上面，让谁也采不到铁矿。”

矿场的管家气得胡子都抖动起来了，说道：

“你这是怎么了？喝醉了还是糊涂了？哪个女神？你知道你是在跟谁这样讲话吗？看我怎么收拾你！”

“随你怎么着，”斯捷潘说，“女神就是让我这样转告你的。”

“拿鞭子来，给我狠狠地抽他！”矿场管家大喊道，“然后把他绑到山上，用锁链把他锁到矿井里！给他撒一点儿狗吃的燕麦，让他饿不死就行！你们给我好好教训教训他，他要是胆敢反抗，就给我狠狠地抽！”

就这样，小伙子被狠狠地鞭打了一顿，然后被扔到了山上。矿上负责监视他的人也和管家一样，是个穷凶极恶的混蛋，他把小伙子扔进了一个条件最差的矿井里。这里既潮湿，又没有像样的矿石，是一个早该废弃的矿井。斯捷潘的脚上被拴上了一条长长的锁链，这是为了方便他在矿井里干活儿。据说，这个地方曾是一个监狱，有各种折磨人的刑具。监视他的人还说：“你要记住，对你的惩罚就是要你采出这么多的纯孔雀石。”说完，监工就给他下达了似乎永远都不可能完成的采掘任务。

没办法，他只能被困在这里接受惩罚了。监工一走，斯捷潘就挥动起尖镐刨了起来。小伙子是一个干活儿麻利的矿工，他刨了一会儿就刨出一大堆矿土，而孔雀石也哗哗地掉落下来，就像有人一捧一捧地向他抛过来一样。而井底原来沉积的水也不知都流到哪儿去了，井底现在已经完全干爽了。“瞧，一切都这么顺利，”他心想，“一定是女神来给我助力了。”

刚想到这儿，他的眼前突然亮了起来。仔细一看，女神就站在他的面前。

“你真是好样的，斯捷潘·彼得罗维奇，”她说，“你经受住了考验，没有畏惧那个臭气熏天的畜生！你对他说话时也理直气壮。走吧，我带你去看看我的嫁妆。我说话也是算数的。”

说完，她自己却闷闷不乐起来，似乎很不情愿嫁给他。然后她双手一拍，几只蜥蜴就迅速跑了过来，它们把斯捷潘身上的锁链卸了下来，然后女神向它们发布命令：

“你们要在这里完成斯捷潘两倍的采掘任务，并把丝质的孔雀石挑选出来。”说完她又对斯捷潘说道，“走吧，我的未婚夫，和我一起去看看我的嫁妆吧！”

于是他们俩一起走了。她在前面走，斯捷潘跟在她身后。她走到哪里，哪里的大门都会自动向她打开。地下的房间很大，而房间的墙壁则是各种颜色的：有绿色的，有黄色带金色斑点的，有的墙壁上有花，有的花是铜黄色的，有的花则是蓝色的。总之，每个房间都被装扮得十分漂亮，甚至难以用语言描述出来。而女神穿的裙子颜色也是不断变化的：忽而像玻璃一样闪着银光，忽而又暗淡下来，忽而像打碎的钻石一样耀眼，忽而又像黄铜一样金光闪烁，然后又像绿丝绸一样翠色欲滴，美不胜收。他们走着走着，她突然停住了，说道：

“就到这里吧，再往前走，就是绵延数十公里的金矿和伴生银矿了。它们有什么好看的呢？你看看，我住的这个地方正是克拉斯诺戈尔斯基山的下方。我所在的这个位置，是除古缪什卡山之外矿产资源最富饶的地方。”

这时，斯捷潘的眼前出现了一个巨大的房间，里面有一张床、几个桌子和几个小凳子——它们都是用铜珠做成的。墙壁都是孔雀石的，上面镶着钻石，而天花板是暗红色的，上面雕刻着铜色的花。

“我们就在这里坐一会儿吧，”她说，“我们好好谈谈。”

他们就坐在这里的小凳子上。孔雀石女神问道：

“你看到我的嫁妆了吧？”

“看到了。”斯捷潘说。

“那么，你对我们的婚礼有什么打算呢？”

斯捷潘不知道该怎样回答她。你知道吗，他是有未婚妻的，是一个很好的姑娘，但是个孤儿。当然，她的模样与孔雀石女神的美貌是没法相比的。她只是一个普通人，一个极其平常的姑娘。斯捷潘犹豫了一会儿，然后说道：

“凭你的嫁妆，你应该嫁给国王，而我只是一个工人，一个普通人。”

“我亲爱的朋友，你不要犹犹豫豫的，”她说，“你就直说吧，你是娶我还是不娶我？”说完，她自己蹙起了眉头，表现出闷闷不乐的样子。

于是斯捷潘直截了当地回答她说：

“我不能娶你，因为我已经答应了另一个姑娘。”

他话一出口心里就想，她一定会发火的。可是她看上去却很高兴。

“你真是好样的，斯捷潘奴什卡，”她说，“因为你敢于大胆地对矿场管家说出那番话，我表扬了你，而因为你拒绝娶我这件事儿，我更要双倍地夸赞你。你没有因为我的富有而动心，没有用一个石头姑娘替换自己心爱的姑娘娜斯佳。”而这个小伙子的未婚妻的确叫娜斯佳。她接着说：“拿着，这是我送给你未婚妻的礼物。”说着，她把一个孔雀石的大首饰盒递给了斯捷潘。而那个首饰盒里呀，女人用的什么首饰都有，除了耳环、项链和戒指，还有一些就连富贵人家的姑娘也没见过的嫁妆。

“那我怎么把这件东西带到上面去呢？”小伙子问道。

“这个你不用担心，我会把一切都安排妥当的。我会把你从矿场管家那里救出来，以后你和你心爱的妻子也会过上衣食无忧的生活。我只想恳求你一件事儿——千万不要和任何人提起我。这是我对你的第三个考验。好了，现在来吃点儿东西吧。”

她又拍了一下手，蜥蜴们马上都跑了过来，很快就摆好了一桌丰盛的佳肴。她为他准备了上好的汤、鱼肉馅饼、羊肉、粥和俄罗斯传统礼仪上为客人准备的各种好吃的东西。待斯捷潘美美地饱餐一顿之后，她说道：

“再见吧，斯捷潘·彼得罗维奇，你记住了，不要跟任何人提起我。”说着，她的眼里流出了泪水。她把一只手放在眼睛下面接着，而泪水啪嗒啪嗒地滴落到她的手心上，瞬间就凝结成米饭一样大小的颗粒，不一会儿就占满了她的手心。“给你，拿着它们去卖钱吧。这些小石子能卖很多钱，你会成为一个有钱人的。”说完，她就把这些小石子放在了他的手心上。

这些小石子是冰冷的，可是她的手却是热的，就像一个真人的手一样，还有些发抖。

斯捷潘接过这些小石子，深深地向她鞠了一躬，然后问道：

“我怎么从这里出去呢？”他自己也感到有些忧郁。只见她用一根手指向前指了一下，他的面前立刻就出现了一条像隧道一样的通道，里面像白天一样明亮。斯捷潘沿着这条通道向前走，又看到了地面上各种各样的矿石，最后他走到了自己曾被锁在里面的那个矿井。他一走进来，那条通道就自动关上了，周围的一切又恢复了原来的样子。有一只蜥蜴跑了过来，把锁链又套到了他的一只脚上，而那个装有各种礼物的首饰盒却突然变小了。斯捷潘把它藏到了怀里。很快，矿场的监工就回来了。监工本打算来嘲笑他，可是发现斯捷潘不仅超额完成了任务，而且还把孔雀石挑选出来，按大小和颜色的不同分门别类地放在一边。监工顿生杂念，他心里暗想："那是什么东西？他是从哪儿弄来的呢？"于是他跳到矿井里，仔细察看了矿井的周围，说道：

"这个矿井里的矿石已经被你挖空了。"说完，他就把斯捷潘带到了另一个矿井，而把自己的侄子安排到这个矿井里。

第二天，斯捷潘开始在新的矿井里干活儿，孔雀石不断地掉落下来，时不时还掉下来一些大块的黄铜矿石。而让人感到惊讶的是，监工的侄子所在的那个矿井里却什么贵重金属也没有了，只剩下一些空壳的岩石和不值钱的矿石。这时监工看明白了是怎么一回事，于是跑到矿场管家那里汇报了这里的情况。他说：

"斯捷潘一定是向魔鬼出卖了灵魂才换来这份助力的。"

矿场管家回应说：

"出不出卖灵魂是他自己的事儿，而我们只需要赚更多的钱。你去告诉他，只要他能找到一百普特*重的大块孔雀石，我们就放他出来。"

矿场管家最后还是让手下把斯捷潘的脚链卸了，并命令暂停克拉斯诺戈尔斯基山上的所有铁矿开采工作。

"谁知道他说的是不是真的？"他说，"或许这个傻瓜当时真的说对了呢。而且那个地方的铜矿确实很多，只是铁矿变得越来越少了。"

* 普特，俄罗斯旧重量单位，一普特约等于16.38千克。——译者注

于是监工向斯捷潘宣布了矿场管家提出的要求。斯捷潘回答说：

“谁不想获得自由呢？我会努力去找，但能否找到就要看运气了。”

很快，斯捷潘就找到了他们所需要的巨型孔雀石。管家和监工吩咐矿工们把这块大石头拖到地面上，在这以后，管家和监工更加骄傲自大起来，他们逢人就炫耀：“看我们多厉害！想要什么就有什么！”但他们并没有把斯捷潘放出来。关于这块巨型孔雀石的事情，他们写信告诉了他们的东家老爷，而这个老爷在听说此事之后竟然从圣彼得堡赶到了矿场。他听完事情的原委，就把斯捷潘叫到身边。

“这样吧，”他说，“我以贵族的身份给你承诺，一定会放你出来，只要你能给我找到几块超大型的孔雀石，并保证能凿出来不少于五俄丈*长的圆柱的那种原石。”

斯捷潘回答说：

“我已经被你们侮辱过一次了，现在也变聪明了。你得先给我写一个事后能放我出去的字据，然后我才能努力地找那样的巨型石头，至于说能不能找到，那只能听天由命了。”

东家老爷自然是被斯捷潘的这番话气得直跺脚，他冲着斯捷潘大声呵斥起来。而斯捷潘却始终理直气壮，最后他还补充说：

“我差点儿忘了，你还要给我的未婚妻写一张放归自由的字据，不然，即便是我被放出去了，可我的妻子还要继续被关在牢里，这成何体统？”

…………………………

* 俄丈，俄罗斯旧长度单位，一俄丈约等于2.134米。——译者注

东家老爷看出小伙子也不好对付，就给他写了字据。

“给你，”他说，“但你必须要努力去找我所需要的那种超大型孔雀石！”

而斯捷潘始终坚持自己的说法：

“这就要看是否幸运了。”

斯捷潘当然为东家老爷找到了那种大型孔雀石。既然他对山体的整个结构都了如指掌，而且孔雀石女神还在暗中帮助他，那么这件事情对他来说又有什么难的呢？这块巨型孔雀石在矿井里就被凿成了很多根圆形柱子，然后又被拉到地面上。东家老爷把这些柱子运送到圣彼得堡，用于建造那里最主要的大教堂了。而斯捷潘最初找到的那块大型孔雀石至今还留在我们的城市，听说，它已经被当作稀世珍宝保护起来了。

从那时起，斯捷潘就获得了自由，也是从那时起，古缪什卡山上原有的矿产资源就开始枯竭了。那里的山雀越来越多了，闪锌矿也越来越多了,但是那种大块的黄铜矿石就再也没人见过，孔雀石也没有了。从那时起，那个地方的水位开始升高，古缪什卡山的山体也逐渐下降，直至后来完全被水淹没了。据说，这是铜矿山女神因为孔雀石被凿成圆柱而愤怒了，尤其是这些孔雀石圆柱被放到教堂里更让她恼火，因为这些孔雀石从此再也不能听从她这个山神调遣了。

此后，斯捷潘的日子过得也并不幸福，他和其他人一样，娶妻生子，也盖了房子。按理说，他完全可以衣食无忧地快乐生活了，可他总是闷闷不乐，身体也慢慢虚弱下来，日渐消瘦。

日渐消瘦的斯捷潘弄了一支猎枪，每天沉迷于打猎。他每天都到克拉斯诺戈尔斯基山上打猎，却不见他带回任何猎物。有一个秋日，他离开了家，没有回来，从此就杳无音信了……他去哪儿了呢？矿工们当然开始四处寻找。可当人们在矿山上的一块巨石旁边找到他的时候，他已经死了。他的脸上仍然带着微笑，猎枪在他的尸体旁放着，枪膛里的子弹没有被射出。有几个人率先跑了过去，他们说在死者身边发现了一只绿色蜥蜴，体型十分大，这样的蜥蜴在我们当地从未有人见过。从远处看，它似乎坐在死者尸体的上方，高高地抬着头，泪流满面。当人们走到近处，那只绿色大蜥蜴跳到大石头上逃跑了。而当人们把死者运回家为他清洗身体的时候却发现，他的一只手紧紧地攥着，从他的手指缝里依稀可见他攥着的是种子大小的绿色石子，满满的一手心。这时，有一个人似乎看懂了是怎么一回事，他从死者拳头的侧面看了看他手心里攥着的东西，说道：

“这不是绿铜矿嘛！这种矿石很稀少、很贵重。他给你留下了一大笔财富啊，娜斯塔西娅*。只是不知道他是从哪儿弄来的这些宝石呢？”可他的妻子娜斯塔西娅却解释说，她的丈夫从没有和她说起过这些矿石的事儿。只是在他们还没结婚的时候，他曾送给她一个首饰盒，那个首饰盒很大，是孔雀石做的。那里装着很多珍贵的宝石，但却没有这种宝石，她也从来没见过斯捷潘手里有这种宝石。

于是在场的人们开始掰开死者的手，想把宝石弄出来，可这些宝石却一下子散落到了尘土里。人们最终也没弄清楚，斯捷潘手里攥着的绿宝石是从哪儿来的。后来人们开始在克拉斯诺戈尔斯基山上采挖起来，这里到处都是褐色的矿石，闪着铜色的光

…………………………

* 前文中的“娜斯佳”是“娜斯塔西娅”的小名。——译者注

芒。再后来，有人探听明白了，斯捷潘手里攥着的是铜矿山女神的眼泪。你们知道吗，他并没有卖掉女神眼泪变成的绿铜矿，而是背着自己的家人一直偷偷地保存着，直到死的时候还把女神的眼泪攥在手里。你听懂了吗？

这就是她——我们的铜矿山女神！恶人遇见她一定会倒霉，但是善良的人遇见她也会因思念她忧郁而死。

（本作品创作于 1936 年）

银蹄山羊

帕维尔·彼得罗维奇·巴若夫 著
王金玲 译

我们矿场里曾住着一个被人称作“万尼亚教父”*的老头儿。这个老头儿的亲人都去世了，所以他想收养一个孤儿。于是他向邻居们打听谁家有这样的孩子，邻居们告诉他：

“不久前，格林卡村有一对姓格里高利·波托帕耶夫的夫妇相继去世了，留下了几个女儿，家里的管家把年纪大一些的女孩都送到一个贵族家的手工作坊里去做了女工，而最小的那个只有五六岁的小姑娘却没人收留，你正好可以收养她。”

“小姑娘我抚养起来也不方便啊，最好是个男孩子，我好把自己的手艺传给他，也能带出个好帮手。女孩子我怎么抚养啊？我能传她什么手艺啊？”

他反复思考之后说道：

---

* 在俄罗斯乌拉尔地区，被收养的孩子们通常称呼自己的养父母为“教父”“教母”，以示亲切。——译者注

“我早就认识格里高利，他的妻子我也认识。夫妻俩都是性格开朗又聪明睿智的人，如果这个小姑娘性格上像她父母，她来了我的家里，我也就不会寂寞了。我决定收养她了，只是不知道她会不会愿意到我这儿来。”

邻居们纷纷说道：

“她现在的处境很糟糕。原来的管家把格里高利留下的一座房子抵给了一个穷人，让他照顾这个孤儿，直到她长大成人。可这个人自己还有一大家子，有十多个孩子要养活，他们一家人自己都吃不饱呢。女主人对这个小女孩也总是百般刁难，她每天只靠一小块面包度日。小女孩虽然年纪还小，但已明白事理。她感到很委屈，怎么会不想离开那样的生活环境呢？再说，你一定能想出办法劝她来你这里的，快去吧！”

“你们说得没错！”万尼亚教父答道，“我一定会想办法劝她来的。”

就这样，在过节那天，他来到小女孩寄居的那户人家。屋子里挤满了人，大人和十几个孩子都挤在一个屋子里。炉子旁边的台阶上坐着一个小女孩，她的身旁有一只棕黄色的小猫。女孩子很小，她身边的猫也很小，而且极其瘦弱，身上的毛已经要掉光了。这样瘦弱丑陋的猫很少有人会让它进家门的。小女孩正抚摸着这只小猫，而小猫发出呼呼的大叫声，整个房子里都听得见。

万尼亚教父看了看小女孩，向主人问道：

“这个就是格里高利家送来的小姑娘吗？”

女主人回答说：

“正是。我们养她一个还不算，她还不知从哪儿弄来了这只瘦骨嶙峋的小猫，怎么赶也赶不走。我家所有的孩子都被它挠伤了，但还得给它吃的！”

万尼亚教父说道：

“看来你的孩子们对它不够友善啊，瞧它叫得多凶啊！”

然后他转向小女孩，说道：

“怎么样，被送来的小姑娘达廖尼卡*，你愿意到我那儿去和我一起生活吗？”

小女孩惊讶地问道：

“爷爷，你怎么知道我叫达廖尼卡呢？”

“是它自己跳出来的啊，”教父回答说，“我没猜，也没想，一开口这个名字就跳出来了！”

“那你是干什么的呢？”小女孩问道。

“我干的活儿呢，类似于猎人的。”他说，“夏天我去淘沙采金，冬天我就到林子里寻找一只山羊，但不是总能看到它。”

“你找它是要射杀它吗？”

“不是的，”老头儿回答说，“我只射杀普通的山羊，而这一只山羊我是不会射杀的。我只是想看看它会在哪里跺自己的右前蹄。”

“你为什么非要看这个呢？”

“你只要同意到我那儿住，我就把这一切都告诉你。”万尼亚教父回答道。

小女孩很好奇，她很想知道那只山羊的故事，而且她发现

* 此处原文为“被送来的女孩”(Подаренка)，在俄语中与“达利亚”这一名字的小名“达廖尼卡”(Даренка)谐音，所以小女孩听成了自己的名字，为使上下文意思连贯，此处译者采用了增译法。——译者注

老头儿是个幽默风趣又和蔼可亲的人。于是她说道：

“我同意去你那儿，只是你得同意我把这只小猫也带上。你瞧，它多可爱呀！”

“那还用说！如果连叫声这么响亮的猫都不要，那不是傻瓜才怪呢！它的叫声就像三角琴的乐声一样响亮！有了它，我们家里才有欢乐啊！”

这个房子的女主人一直在听着他们的谈话，一听说万尼亚教父要把这个孤儿接到自己家里生活，心里别提有多高兴了。她马上开始给达廖尼卡收拾行李，担心老头儿会突然改变主意。小猫似乎也听懂了他们的谈话，它贴在小姑娘的脚边大声地叫着：

“你的想法十分正确，十分正确。”

于是，万尼亚教父就带着小姑娘回家了。

老头儿身材高大魁梧，下巴上留着一撮大胡子，而小女孩又瘦又小，鼻子小得像一颗纽扣。他们一起走在大街上，一只瘦骨嶙峋的小猫跟在他们身后蹦蹦跳跳。

就这样，万尼亚爷爷、孤儿达廖尼卡和小猫穆廖尼卡开始了新的生活。

他们一家人就这样过着平凡的生活，虽然没有攒下许多钱，但日子过得也不错，而且每个人都有自己的事做。

万尼亚教父每天早晨都出门干活儿，达廖尼卡在家里收拾屋子，煮粥熬汤，而小猫穆廖尼卡也出去打猎——它负责抓耗子。每天傍晚的时候他们回来聚在一起，日子过得十分开心。

老头儿很会讲童话故事，达廖尼卡也很愿意听他讲，小猫穆廖尼卡则躺在地上，发出喵喵的叫声，它是在说：

“他讲得正确，十分正确。”

只是每当老头儿讲完一个故事之后，达廖尼卡都提醒他：

“爷爷，你快给我讲讲那只山羊的故事吧。它长什么样子？”

万尼亚教父刚开始总是推托着不讲，后来他终于推托不过去了，于是就讲了起来：

“那是一只很特别的山羊。它的右前腿上长着一只银蹄子。它的这只蹄子要是在哪个地方一跺，哪个地方就会出现宝石。它跺一下蹄子，就会出现一种宝石，跺两下蹄子，就会出现两种宝石，如果它这只蹄子使劲儿地去踢哪个地方，那么这里就会出现一大堆宝石。”

老头儿讲完这个故事就后悔了，因为从那天起，达廖尼卡只要一开口就问起这只山羊。

“爷爷，这只山羊的个头很大吗？”

万尼亚教父告诉她，这只山羊还没有桌子高，它的腿很细，头也很小。

达廖尼卡继续问道：

“爷爷，它有角吗？”

“有啊，但它的角长得很特别，”老头儿说，“一般的山羊角上都长两个叉，而它的角上却有五个叉。”

“爷爷，那它都吃什么动物呢？”

“它什么动物也不吃。它以草和树叶为食。冬天的时候它也会吃些草垛里的干草。”

“爷爷，那它的皮毛是什么颜色的呢？”

“夏天的时候呢，是棕色的，与我们穆廖尼卡身上的毛色一样，到了冬天就变成了灰色。”

“爷爷，那它身上有臭味儿吗？”

万尼亚教父听她这么问甚至有点儿生气了，他说：

“它身上怎么可能有臭味儿呢？只有家里养的羊身上才会有那种难闻的气味儿，而森林里长大的山羊，身上只有森林里的清香味儿！”

秋天到了，万尼亚教父已经在为去森林里打猎做准备了。他要去看看山羊们主要聚集在哪个方向。于是达廖尼卡开始求起情来：

“带上我吧，爷爷，哪怕能让我从远处看一眼这只山羊也好啊！”

万尼亚教父向她解释说：

“从远处你是看不清它的，因为所有的山羊在秋天的时候都是有角的，所以从远处看你是看不清它们头上的角是有几个叉的。但是冬天就不一样了。普通的山羊在冬天的时候是没有角的，而这只长着一只银蹄的山羊，头上总是有角的，无论冬夏。所以到了冬天，从远处看也能辨认出它。”

他用这个理由拒绝了小女孩的请求，就这样，达廖尼卡留在了家里，而万尼亚教父一个人去了森林。大约五天之后万尼亚教父回来了，他对达廖尼卡说：

“现在阳面山坡上有许多山羊在吃草。冬天的时候我就去那个地方。”

“怎么，难道你冬天的时候要在森林里过夜吗？”达廖尼卡问道。

“是啊，我在一个草坡上建了一个过冬的小屋。小屋里条件不错，有炉灶，还有一个小窗户。在那里住是没问题的。”

达廖尼卡又问：

“带银蹄的那只山羊也在那个山坡上吃草吗？”

“谁知道呢，或许它也在那里吧。”

达廖尼卡马上就向爷爷求起情来：

“带我一起去吧，爷爷。我会待在小屋里不出来，或许，那只银蹄山羊会走近咱们的小屋，我正好能看看它长什么样子。”

老头儿先是把手一挥，说道：

“那怎么行？那怎么行呢！一个小姑娘怎么能在大冬天的森林里徒步走呢？需要滑着滑雪板才行，可你又不会滑雪。森林里的雪很厚，会把你淹没的。我带着你怎么办？再说这一路上你也会被冻坏的！”

但是达廖尼卡丝毫也不让步，她坚持道：

“求你带上我吧，爷爷！滑雪我也是会一点儿的！”

万尼亚教父一再寻找托词，后来他也暗自动摇起来：

“不然就带她去？只要带她去过一次，下次她就不会再想去了。”

于是他说道：

“好吧，我就带上你。不过咱可说好了，在林子里不许大声哭叫，也不能闹着提前回来。”

他们一直等到深冬的时候才动身去森林。万尼亚教父把两袋面包干、打猎用的器材和其他一些必备品都装到了手拉雪橇上。达廖尼卡也给自己准备了一个小包裹。她带了些给布娃娃缝制裙子的碎布头，还带了一小团毛线、缝衣服的针和一条绳子，她不知道能否用这条绳子逮住那只银蹄山羊。

达廖尼卡本不忍心把自己的小猫留在家里，但又有什么办法呢？她一边抚摸着小猫与它告别，一边说：

“穆廖尼卡，我和爷爷就要去森林了，你得留在家里抓耗子。我们一旦看到银蹄山羊，就马上回来，到时候我就把看到的一切都告诉你。”

小猫用调皮的眼神看了看她，自顾自地低声嘀咕着：

“哼，想得倒美，你想得倒美！”

于是，万尼亚教父就带上达廖尼卡上路了。邻居们对他的举动很是惊讶：

“这老头儿，真是老糊涂了！这么大冷天怎么能带这么小的女孩子去森林呢？”

万尼亚教父和达廖尼卡刚要走出矿场，就听见几只小狗狂叫起来。它们发出那么疯狂的吠叫声，似乎大街上突然出现一只猛兽一样。他俩回头一看，原来是他们家的小猫——穆廖尼卡正在马路中间跑呢，它正拼命地甩开狗群的追击。穆廖尼卡比刚来的时候胖了许多，它现在的体型十分健壮。几只狗紧跟在它后面跑，却不敢靠近它。

达廖尼卡想抓住小猫把它送回家，但是她怎么能追得上它呢？穆廖尼卡已经跑进了森林，并且爬上了一棵松树。看谁能抓住它！

达廖尼卡大声叫着小猫，但无论她怎么叫它，也看不见它的踪影。没办法，他们只好继续向前走了。

他们走着走着，突然发现了穆廖尼卡——它跟在他们旁边跑着。就这样，他们终于来到了林间小屋。

从此，他们一家三口开始了小屋里的生活。达廖尼卡炫耀地说：

“我们在这里真是快乐无边啊！”

万尼亚教父随声附和道：

“是啊，简直是乐不可支啊！”

小猫穆廖尼卡蹲在炉子旁边，身体上缠着毛线，发出高高的呼噜声，它在说：

“你说得没错，说得没错呀！”

这个冬天森林里的山羊很多，都是普通的山羊。万尼亚教父每天都能打一两只回来。他们的羊皮已经积攒得很多了，羊肉也腌制了很多，多得用他们的手拉雪橇都已经拉不动了。现在需要回矿区一趟，牵一匹马回来。但是怎么能把小女孩达廖尼卡和小猫独自留在森林里呢？而达廖尼卡已经逐渐习惯了森林里的生活，所以她主动对老头儿说：

“爷爷，你去矿区牵一匹马回来吧，咱们得把这些腌肉都拉回家呀！”

听到达廖尼卡的话，万尼亚教父感到十分惊讶，他说：

“你真是太聪明啦，达利亚·格里高利耶夫娜*！你已经完全像大人一样思考问题了！只是我担心我走了之后，你一个人留在这里会害怕的。”

“有什么可怕的呢？”她回答说，“我们的屋子很牢固，狼也进不来。再说还有穆廖尼卡和我做伴呢。我不害怕。你只要快去快回就好。”

于是万尼亚教父回家牵马去了，这里只剩下达廖尼卡和穆廖尼卡。白天的时候还好，他们像往常万尼亚教父去山里探查山

* 这里老头儿用正式的名字和父称来称呼小女孩，表示对她的称赞和夸奖。——译者注

羊行踪的时候一样，习惯了自己待在家里。但是一旦天黑下来，达廖尼卡还是有些害怕。

但她发现小猫穆廖尼卡却十分安静地躺在那里，一副丝毫不害怕的样子，达廖尼卡的心情也平静下来。她坐到小窗前，朝山上的草坡望去。突然，她看到森林里有一个圆团儿一样的东西在滚动着。当这个圆团儿离小屋越来越近的时候，她才看清楚——跑过来的是一只山羊。它的腿很细，头不大，两只角上分别长着五个叉。达廖尼卡赶紧跑出屋想看个究竟，可她跑出去之后那只山羊却不见了。她回到屋里自言自语地说：

“看来是我刚才睡着了，看来是我的幻觉，是我梦到的。”

穆廖尼卡低声呼噜着，说道：

“你说得没错，说得没错！”

于是达廖尼卡躺在了小猫的旁边睡着了，一觉睡到了第二天早晨。

第二天过去了。万尼亚教父还是没有回来。达廖尼卡感到有些寂寞，但她并没有哭。她一边抚摸着小猫穆廖尼卡，一边说：

“打起精神来，穆廖尼卡，爷爷明天一定会回来的。”

穆廖尼卡喵喵地叫了几声，高兴地唱道：

“你说得没错，说得没错！”

达廖尼卡又在窗前坐了一会儿，看着窗外的星星。她本想去睡觉了，可这时小屋的一面墙上突然传来了蹄子的敲击声。达廖尼卡吓坏了，然后另一面墙上也传来了同样的声音，接着是有窗户的那面墙，最后是有门的那面墙，纷纷都传来了蹄子的敲击声，后来屋顶也传来了敲击声。但这声音并不大，像是一个体态轻盈的人快走时的脚步声。达廖尼卡心里暗想：

“难道是我昨天看到的那只山羊又来了吗？”

她太想出去看个究竟，所以也顾不上害怕了。她打开小屋的门，看见有一只山羊就在她眼前，近在咫尺。它的右前腿抬起来一跺，银蹄子就闪闪发光，而且它的两只角上各长着五个叉。达廖尼卡不知道该怎么办，于是就像叫普通家羊一样招呼它过来：

“咩咩！咩咩！”

山羊听到这个声音兴奋地大叫起来，那叫声宛若笑声，然后一转身就跑了。

达廖尼卡回到了小屋，对穆廖尼卡说道：

“我看到那只银蹄山羊了，看到了它长着五个叉的两只角，也看到了它的银蹄子。只是没有看到它是怎么用这只蹄子敲出宝石的。看来下一次它会让我看到的。”

穆廖尼卡高兴地唱道：

“你说得没错，说得没错！”

第三天过去了，万尼亚教父还是没有回来。达廖尼卡的心情变得十分糟糕，甚至流下了眼泪。她想和穆廖尼卡说说话，可它却不在。这时达廖尼卡感到更加恐惧了，她从小屋里跑了出来寻猫。

夜里的月亮很圆很亮，照得外面能看到很远的地方。达廖尼卡定睛一看，发现小猫穆廖尼卡就坐在草坡上，而它面前有一只山羊。山羊站在那里，抬起了一条腿，而银蹄子在闪闪发光。

穆廖尼卡轻轻地摇了摇头，山羊也轻轻地摇了摇头，它们似乎在交谈着什么。然后它们开始在割过草的山坡上跑，山羊跑着跑着突然停了下来，开始用它的银蹄子敲击地面。穆廖尼卡也朝那个地方跑了过去，山羊则继续向前跑，又开始用它的银蹄子敲击地面。它们就这样在草坡上跑着，直到很远的地方，已看不见它们的踪影，然后它们又跑回小屋旁。

这时山羊跳到了小屋的屋顶上，开始用它的银蹄子敲击屋顶。只见银蹄子下面的石头像火花一样散落下来，有红色的、蓝色的、绿色的，各种颜色的宝石纷纷掉落下来。

就在这时，万尼亚教父回来了。他完全认不出自己的小屋了。整个小屋变成了一个宝石堆。屋顶上各种颜色的光交相辉映。山羊站在小屋的屋顶上面，不停地用它那只银蹄子敲击着屋顶，各种宝石源源不断地散落下来。这时，小猫穆廖尼卡突然也跳上了屋顶，它和山羊并排站在一起，发出喵喵的叫声，然后小猫和银蹄山羊突然就不见了。

万尼亚教父把宝石装到自己的帽子里，刚装了半个帽子，达廖尼卡就开始恳求他说：

“不要动，爷爷！明天白天我们再来看看！”

万尼亚教父听了她的话。但是黎明前下了一场大雪，所有的石头都被雪盖住了。后来他们扒开了雪，却什么也没找到。不过，万尼亚教父装到帽子里的那些宝石对他们来说已经足够了。

他们以后的生活都十分顺利，可怜的是那只叫穆廖尼卡的小猫，人们再也没有见过它，银蹄山羊从此也再没有出现过。常言道：人的一生有过一次这样的幸运足矣。

而在银蹄山羊跑过的那些草坡上，人们开始寻找各种宝石，他们找到了很多绿色的宝石，这就是蓝宝石，你们见过吗？

（本作品创作于 1938 年）

孔雀石首饰盒

帕维尔·彼得罗维奇·巴若夫 著
付何珍 译

斯捷潘的遗孀娜斯塔西娅有一个孔雀石首饰盒。首饰盒里有各式各样的饰品：戒指、耳环、女性参加典礼时需要戴的首饰，总之应有尽有。这个首饰盒是斯捷潘结婚前铜矿山女神送给他的礼物。

娜斯塔西娅从小就是个孤儿，她不习惯穿金戴银，也不喜欢打扮自己。和斯捷潘结婚后的头几年，她也试戴过这个首饰盒里的饰品，只是这些首饰并不合她心意。刚戴上戒指时……既不觉得禁锢，也不觉得松滑，但当她戴着戒指去教堂或去别处做客时就相当难受了。手上的戒指让她感觉越来越紧，最后箍得手指都发青了。如果戴上耳环，情况就更糟糕了——耳朵会被坠得很长，耳垂会立刻肿胀起来。娜斯塔西娅把这副耳环拿在手里掂了掂，觉得并不比她平时戴的那副耳环沉。那条可以在脖子上绕上六七圈的宝石项链她只试戴过一次。戴上它，就像在脖子周围缠上了一圈冰一样，怎么也暖不过来。她从没把这条宝石项链戴出去过。

戴上它，她会觉得心里不踏实。

人们会说：“快看，波列瓦亚村竟出了这么一个漂亮的皇后！”

斯捷潘没强迫过妻子佩戴这个首饰盒里的饰品。有一次，他甚至对妻子说：

“把这个首饰盒搁在看不见的地方吧，免得你看见它心烦。”

于是娜斯塔西娅就把首饰盒放到了用来储藏粗麻布和其他物品的大箱子的最底层。

斯捷潘死了，人们发现他的一只手里攥着许多宝石，娜斯塔西娅这时不得不把那个首饰盒拿出来给外人看。一个对斯捷潘手里攥着的宝石很在行的人，在人们散去之后对娜斯塔西娅说：

“你别不把这个首饰盒当回事，它值几万卢布呢。”

这个人学识渊博、经验丰富，是个自由人。早些年他当过采矿工长，但后来被解雇了，因为他对手下人管得太松。他喜欢喝酒，是酒馆里的常客，除了这个缺点，他没有别的毛病。在别的方面，他都做得很好。他是个作风正派的人，替人写过诉状，给人冲洗过石头样品，看过矿脉的走向——这些事情他都是凭良心认认真真地做，不像其他人做点儿事就要半俄升*酒。每逢节日，人们总要想着敬他一杯酒。就这样，他一直在我们矿区生活，直到去世。平时他靠给别人干点小活维持生计。

娜斯塔西娅听丈夫提起过这个采矿工长，知道他是个好人，做事也很有头脑，尽管平时爱喝点儿小酒。所以，娜斯塔西娅听了他的话。

“好的，”她说，“我一定好好保管，以备将来不时之需。”

---

* 俄升，沙俄量酒单位，一俄升约等于1.23升。——译者注

之后她把首饰盒放回了原处。

人们埋葬了斯捷潘，并为他举办了隆重的四十天祭奠会。娜斯塔西娅正是风华正茂的年龄，还衣食无忧，因此许多男人都来向她求婚。但她是个聪明的女人，对所有人都说同样的一句话：

“也许第二任丈夫对我会很好，但对我的孩子们来说终究都是继父。”

渐渐地，前来求婚的人就少了。

斯捷潘可是为家人留下了一笔可观的家产：一座结实的房子，一匹马，一头牛，各种家用物品应有尽有。娜斯塔西娅是个勤劳的女人，孩子也个个像样，日子过得安稳、踏实。这样的日子过了一年、两年、三年，但他们还是渐渐变穷了。一个女人带着几个年幼的孩子怎么能操持得了地里的农活儿呢？怎么也得出去赚钱才行啊！怎么也得赚出个买盐的钱啊！这时亲戚们纷纷在娜斯塔西娅耳边吹风说：

“把那个首饰盒卖掉吧！你留着它有什么用呢？一大笔财富就白白地闲置在那儿，留着也没什么用。你只有一个女儿塔纽什卡，她长大了也不会戴这些首饰的。瞧，这些首饰多贵重啊，只有有钱人才买得起。像我们这样的人配不上戴这些东西。卖了还能换些钱来。你正好可以用卖的钱来接济你过日子。”

简言之，她听了亲戚们的劝告。想买首饰盒的买家就像乌鸦猛扑向骨头一样纷至沓来。他们都是商人。有人愿意出一百卢布买下她的首饰盒，有人愿意出两百卢布。

“我们是可怜你的孩子们，也同情你身为寡妇的困境，是来帮你的。”

总之，他们竭力地哄骗这个村妇卖掉首饰盒，但他们碰到的可不是一般的女人。

娜斯塔西娅清楚地记得那个采矿工长对她说过的话，不要轻易卖了这个首饰盒。而且她也舍不得卖了它。毕竟这是她丈夫求婚时送她的礼物，留着也是对丈夫的纪念。更重要的是，她的小女儿曾泪流满面地央求她：

“妈妈，别卖！妈妈，别卖！宁可我出去挣些钱回来，也要留住这个纪念爸爸的首饰盒。”

斯捷潘留下了三个孩子，其中有两个男孩。这两个男孩一看就是这家人的孩子，而这个小女儿——大家都说，她长得既不像妈妈也不像爸爸。斯捷潘还在世的时候，这个孩子还很小，人们见了小姑娘都觉得惊奇。不仅村里的女人们说闲话，就连男人们都对斯捷潘说：

“斯捷潘，你这个孩子长得很特别，就像画出来的似的。谁能生出这样的女儿？皮肤是黑了点儿，但长得可真漂亮，有一双绿色的眼睛。一点儿也不像我们本地的姑娘。”

斯捷潘开玩笑地回答说：

“她皮肤黑点儿并不奇怪。要知道作为她父亲的我，从小就在地底下采矿。她的眼睛是绿色的也不足为奇。我为图尔恰尼诺夫老爷开采出的孔雀石还少吗？她的眼睛就是留给我采孔雀石的纪念品啊！”

因此，斯捷潘就管女儿叫“纪念品”。“瞧，这就是我的纪念品！”偶尔他给女儿买什么东西的时候，总是挑蓝色的或绿色的给她买。

就这样，小女孩渐渐长大了。她真的像一只节日时才佩戴的腰带上脱落下来的毛线球，从老远就能看见她。尽管她对陌生人并不是很亲热，但大家看到她都会亲切地“塔纽什卡”“塔纽什卡”地喊着她。就连那些嫉妒心极强的女人都喜欢看她。瞧，她多漂亮啊，人见人爱！只有她母亲时常叹气说：

“她漂亮是真漂亮，但不是我们的孩子。似乎是有人把我的女儿偷偷地换掉了一样。”

父亲斯捷潘的死至今使小女儿悲伤不已。她一直在哭，脸也消瘦了很多，似乎就剩一双眼睛了。母亲见此，就想把那个孔雀石首饰盒拿出来给塔纽什卡玩，让她暂且忘了伤心事。虽然塔纽什卡还很小，但毕竟是女孩子——从小就喜欢往自己身上戴首饰。塔纽什卡忙着挑选、试戴首饰盒里的饰品。但令人纳闷的是，那些饰品的尺寸都很适合她。有些连母亲都不知道该如何佩戴的饰品，塔纽什卡全知道，她还对母亲说：

“妈妈，你看爸爸留下的礼物多好啊！戴上这些饰品，就立刻感到身体里热乎乎的，就像坐在屋外的土台上一样，还能感到好似有一双柔软的手在抚摸你。”

娜斯塔西娅自己也戴过这些饰物，戴上去的感觉至今还记忆犹新：戴上戒指，手指会被箍得发青；戴上耳环，耳垂会被拉得生疼；戴上项链，脖子始终感觉冰凉。她就在想：“唉，真是奇怪了！真是奇怪了！”于是她赶紧又把这一个首饰盒重新放回大箱子里。只是从那时起，塔纽什卡就时常请求母亲：

“妈妈，把爸爸留下的那个礼物拿出来让我玩一会儿吧！”

娜斯塔西娅有时会狠狠地拒绝女儿，但母亲的心总是充满怜爱之情的，过一会儿又会把首饰盒拿给塔纽什卡，只是嘱咐她说：

“千万不要弄坏了！”

后来，当塔纽什卡渐渐长大了，她自己会拿出首饰盒来玩。

每当母亲带着哥哥们去草场割草或是去什么其他地方的时候，塔纽什卡就留在家里做家务。她要先把母亲吩咐的事情做完：洗碗和勺子，抖搂干净桌布，把屋子和过道打扫一下，喂鸡并照看炉子。她匆匆做完这些家务活儿之后，就赶紧取出首饰盒玩一会儿。原先堆在一起的高高的许多大箱子，现在就只剩下了一个，还不沉。塔纽什卡把它搬到一个板凳上，从箱子里拿出首饰盒，挑选里面的各种首饰，一边欣赏，一边往自己身上试戴。

有一天，一个小偷潜入了他们家。不知他是一大早就躲在了院子里，还是白天就从哪儿悄悄地钻进来的，没有一个邻居看他从街上走过。一个陌生人能准确地潜入他们家，显然是有人告诉了他这家的全部情况。

有一天，娜斯塔西娅出门了，塔纽什卡马马虎虎地做完家务后，就躲进屋子里拿出他父亲的礼物玩。她戴上了头饰、耳环。就在这时，这个小偷闯进了屋。塔纽什卡回头一看，就看到门口站着一个手里拿着斧头的陌生男人。她一眼就认出来这把斧头是她家的，原本是放在过道的角落里的。刚刚塔纽什卡在打扫过道的时候，才把斧头放在那儿的。塔纽什卡吓坏了，她呆坐着一动也不敢动，而男人看着她，斧头从手中掉落了，他用两只手捂住了双眼，就好像眼睛被灼伤了一样，只听到他开始痛苦地大喊：

“我的天啊，我的眼睛看不见了！哎哟，我的眼睛瞎了！”他一直用手揉搓着眼睛。

塔纽什卡看着眼前这个男人身体出现了不适，就问道：

“叔叔，你是怎么进到我们家的？为什么还要拿着斧头？”

这个男人继续呻吟着，还不断揉着自己的眼睛。塔纽什卡觉得他很可怜，于是舀了一瓢水想递给他，而这个男人吓得背朝着门连连往后退。

“哎呀，你别过来！”他坐在过道里，把屋门堵住了，不想让塔纽什卡从房间里跑出来。但她还是找到了另一个出去的办法——她从窗户爬了出去，找了邻居们。邻居们来了之后开始盘问这个男人，他是谁，为什么到这儿来。这个人眨了一下眼，解释说自己是个过路人，想来讨点儿施舍，但不知怎么的，他的两只眼睛出了点问题。

“就像被阳光刺伤了一样，我以为自己看不见了。或许是因为日头太毒了？”

关于斧头和宝石的事，塔纽什卡对邻居们只字未提。邻居们心想：

“也没什么大不了的事。可能是塔纽什卡忘了锁门，这个过路人就直接进来了，然后他的眼睛就出了意外。这也是常事。”

在娜斯塔西娅没回来前，邻居们一直没有放这个过路人离开。在娜斯塔西娅带着两个儿子回来之后，那个过路人就把对邻居们说的那番话又跟她说了一遍。娜斯塔西娅看到家中的贵重物品一样没少，就让他走了。那个过路人走后，邻居们也散了。

这时候，塔纽什卡才对妈妈和盘托出了事件的经过。这时娜斯塔西娅才明白，那个人是冲着首饰盒来的，但看来想要抢走它，并不容易。她心想：

“还是要把它藏到更安全的地方。”

于是娜斯塔西娅没有告诉塔纽什卡和儿子们，自己悄悄地把首饰盒藏到了地窖里。

有一天，家里人都出门了，家里又只剩下塔纽什卡一个人。塔纽什卡想拿出首饰盒玩，但发现它不见了。塔纽什卡很伤心，这时突然一股热气向她扑来。这是什么？从哪里来的热气呢？她四下打量，发现从地板下透出一缕光。塔纽什卡吓坏了：该不会是着火了吧？她往地窖里瞧了瞧，发现光是从那儿的一个角落里发出来的。她一把抓起水桶，打算把水泼过去——但那里既没有水，也没有烟。她在那个角落里翻寻了一会儿，就找到了首饰盒。她打开首饰盒一看，那里的宝石似乎比平日里更加璀璨夺目了。它们好像燃烧着的各种颜色的火焰，发出的光就像太阳一样闪亮。塔纽什卡没有把首饰盒拿进屋里，索性就在地窖里玩了个够。

从那时起她就一直这样做。母亲心想："瞧，我把首饰盒藏得多好，除了我，谁也不知道它在哪儿。"而女儿一个人在家时，就会抽出个把小时去玩父亲留下的礼物。娜斯塔西娅之后再也没向亲戚们提起过卖掉首饰盒的事。

"等日子实在过不下去时，我再卖掉它也不迟。"

虽然她的日子过得十分艰难，但她还是坚强地挺过来了。又过了几年困难的日子之后，日子渐渐好起来了。儿子们能开始挣些小钱了，塔纽什卡也没有在家闲着。你看，她学会了用丝绸绣花和缝串珠。她的手艺很棒，就连老爷家里那些最优秀的女工都为她拍手叫好："她是从哪里学来的各种花样呢？是从哪里弄到的这些漂亮的丝线呢？"

她的花样和丝线得来的也都是事出偶然。有一天，他们家来了一位妇人。个子不高，皮肤黝黑，与娜斯塔西娅年龄相仿，但目光尖锐，从各方面看，她都是一个精明的、有头脑的女人。她背了一个粗麻布袋子，手里拄着一根稠李木的拐杖，像一个无家可归的流浪者。她向娜斯塔西娅请求道：

"女主人，我可不可以在你家歇上一两天呢？我实在走不动了，而且还有很长一段路要走。”

娜斯塔西娅开始的时候以为，是不是又有人派她来偷首饰盒呢，但后来还是让她进屋了。

“倒不是不让你住。你也不会一直住着不走，毕竟也带不走房子。只是我们家吃得太寒酸了。早饭是葱头配格瓦斯，晚饭也是格瓦斯配葱头，就这么点儿吃的。如果你不怕饿瘦了，那么欢迎你，你想住多久就住多久。”

这时这个流浪妇人已经把自己的拐杖竖在了炉边，背的袋子也放在了炉子前的小平台上，并脱下了鞋子。娜斯塔西娅见此情形，心中不悦，但没吭声。她心想：

“瞧，也太缺乏教养了！我还没请她，她就脱了鞋，解开了背包。”

这个流浪妇人这时已经解开了背包上的纽扣，挥了挥手，招呼塔纽什卡过去：

“你到我这儿来，孩子，看看我的手艺活儿。如果你喜欢，我可以教你……看看吧，这些东西你看一眼就一定会喜欢上的！”

塔纽什卡走了过去，妇人递给了她一块两头绣着丝边的小头巾。这块绣花头巾上的图案是如此鲜艳美丽，以至于小屋里顿时变得明亮温暖起来了。

塔纽什卡两眼直勾勾地看着这块美丽的绣花头巾，妇人微微一笑，问道：

“喜欢上我的手艺活儿了吗？小姑娘，如果你想学，我来教你，怎么样？”

“我想学。”塔纽什卡说。

娜斯塔西娅听了，生气地斥责说：

“你想都不要想！盐都吃不起了，你还想学绣花手艺！买这些绣花用的东西需要好多钱呢！”

“女主人，你不用为此担心，”流浪妇人说，“只要小姑娘肯学，这些绣花用的材料自然会有的。为了报答你的搭救之恩，材料我会留给她，足够她用上一阵子的。以后你就知道了。我们做的手工艺品是可以卖钱的。这些手工艺品会让我们衣食无忧的。”

话说到这份上，娜斯塔西娅不得不同意了。

“如果你答应给她学绣花所用的材料，那我怎么能不让她学呢？就让她跟你学吧，多少懂点儿也是好的。那就要谢谢你啦！”

于是这个妇人开始教塔纽什卡绣花了。塔纽什卡学得很快，好像以前就会似的。还有一件更让人想不到的事：塔纽什卡以前无论是对陌生人，还是对自己人都不亲热，而对这个妇人却越来越离不开了。娜斯塔西娅斜眼盯着塔纽什卡，心想：

“你倒是给自己找了个新的亲人。不愿和我这个母亲亲近，反倒总黏着那个流浪妇人！”

而那个流浪妇人好像是故意诱惑塔纽什卡似的，总是叫她“女儿”“宝贝”的，一次都没有叫过她的名字。塔纽什卡知道，母亲因此很不高兴，但她却无法控制自己去和那个妇人亲近。而且她对那个妇人是那么信任，甚至连首饰盒的事情都跟她说了！

“我们家有一个爸爸留下来的珍贵的纪念品——孔雀石首饰盒。那个首饰盒里装有各种宝石，让人怎么看都看不够！”塔纽什卡说。

“能给我看看吗，女儿？”妇人问。

塔纽什卡甚至连想都没想到，不该把首饰盒拿给别人看的。

她马上说：“等家里没人的时候，我拿给你看。”

这一刻终于来了，塔纽什卡把那个妇人叫到地窖，并拿出首饰盒给她看。这个妇人看了一眼说：

“你把它们戴上，我会看得更清楚些。”

她话音还未落，塔纽什卡就开始把首饰戴上了，那个妇人马上夸赞道：

“非常好，我的女儿，非常好！只需要稍微动一动就好。”

她走到塔纽什卡跟前，用手指稍微碰了碰宝石。她碰到哪块宝石，哪块宝石就发出不一样的光芒。在这些光芒之下，有的宝石塔纽什卡能看见，有的宝石她看不见。然后那个妇人说：

“你站起来，我的女儿。站得直直的。”

塔纽什卡站了起来，那个妇人开始轻轻地抚摸她的头发和背部。从上到下抚摸完之后，她对塔纽什卡说：

“当我叫你转过身之后，你不许回头看我。要一直目视前方，并记住接下来发生的事，但不许对外人说出半个字。好了，现在转过身吧！”

塔纽什卡转过身——在她面前出现了一间她从未见过的屋子。它既不像教堂，也不像一般的房子。高高的天花板由纯孔雀石做成的柱子支撑着。四周是用孔雀石砌成的有一人高的墙壁，房檐上也有用孔雀石雕刻的装饰。塔纽什卡的面前似乎有一面镜子，镜子里有一个美人，美得就像童话里的：一头秀发乌黑，像漆黑的夜，眼睛是绿色的。她全身上下戴着各种名贵的珠宝，身上穿着由绿色天鹅绒制成的闪闪发光的连衣裙。只有画中的皇后才拥有如此美丽的裙子。这种裙子怎么能穿在身上呢？我们工厂的人穿上这样的连衣裙都会觉得害羞，而这个绿眼睛的女孩却泰然自若地站在那里，好像她就应该穿成这样似的。这间屋子里挤满了人。男人们穿得都很像老爷，全身上下金光闪闪，胸前还佩戴着各种勋章。有的人把勋章挂在前面，有的人挂在后面，有的人浑身上下都挂着。看来，他们都是非常重要的官员。他们的妻子也在这里，她们个个袒胸露臂，珠光宝气的。只不过她们当中没有一个能比得上这个绿眼睛的美人！没有一个能比得上！

与绿眼睛的美人并排站着的是一个金发男子。他的眼睛是斜的，耳朵是兔子那样的招风耳。他身上的衣服也与众不同，倒没有那么多金光闪闪的东西，但鞋子上镶满了宝石。这些宝石的颗粒很大，也许十年才能碰上一颗。一下子就能看得出——他就是矿场的场主。这个长着兔子一样招风耳的人对绿眼睛的美人说着什么，但她连眉毛都没扬一下，好像他根本不存在似的。

塔纽什卡定睛看了看这个绿眼睛的美人，这时她才发现，这个绿眼睛的美人佩戴的宝石就是爸爸留下来的那些！塔纽什卡正要叫出声时，一切都消失不见了。

这时，那个流浪妇人微微笑了笑说：

“你还没看到最后，女儿！但不要难过，以后你会看到的。”

塔纽什卡自然要问：“刚才那间屋子是哪里？”

“那是国王的宫殿，”妇人说，“那个最富丽堂皇的房间，全是用从这里开采的孔雀石装饰而成的，都是由你已故的父亲开采的。”

“那个戴着我爸爸的首饰盒里的饰品的女人是谁呢？和她站在一起的那个长着一对招风耳的人又是谁呢？”

“这个我是不会告诉你的，你很快就会知道的。”

那天，当娜斯塔西娅回到家时，那个流浪妇人已经收拾好行囊，准备继续赶路了。她向女主人深深鞠了一躬，递给塔纽什卡一个丝线包和一些珠子，随后又拿出一枚小纽扣。不知它是玻璃做的，还是水晶做的，这是一枚具有普通棱面的纽扣。她把它递给塔纽什卡并说：

“收下吧，我的女儿，这是我留给你的一个纪念品。每当你在绣花的过程中遇到了什么困难时，你就瞧瞧这枚纽扣，你马上就会有解决办法的。”

说完那个流浪女人就离开了。一转眼的工夫她就消失不见了。

从那时起，塔纽什卡就成了一名手艺人。过了几年，塔纽什卡已经到了该出嫁的年龄。厂里的小伙子们总是往娜斯塔西娅家的窗户里看，但又不敢接近塔纽什卡。她对人很冷漠，而且总是一副心事重重的样子，再说她作为一个自由人，怎肯嫁给一个不自由的农奴呢？

就连老爷家的人也听说了塔纽什卡有门好手艺，纷纷派人来找她做手工活儿。这次派来了一个年轻的、打扮得像老爷一样的，身上还挂了块表的男仆，像是个做生意的。派他来的人想，说不定塔纽什卡会喜欢上这个年轻人，这样他就可以把她一起带回来。但这样的事情并没有发生。塔纽什卡和他谈完正事后，他继续说的话塔纽什卡已无意理会。如果她听烦了，就会嘲笑他几句：

“你快走吧，尊贵的客人，走吧！要知道他们都等着你呢！他们担心你的表会不会停下来不走了，你的表链会不会断掉。你看，你没有戴表的习惯，别再把表链磨坏了。”

这些话对这个仆人或老爷的其他仆人来说，就像往狗身上浇热水一样。他像被烫伤了似的赶紧跑开了，一边跑，一边气呼呼地自言自语：

“这难道是一个女孩子吗？简直是一尊绿眼睛的石头雕像！

我才不要找这样的女人！”

那个仆人虽然被气得够呛，但还是被塔纽什卡吸引住了。另一个被派去的仆人，也始终无法忘记塔纽什卡的美貌。他们就像被施了魔法一样，总想去她家——即便是从旁边经过，能透过窗子向里面瞧上一眼也好啊！每逢节日，厂里几乎所有的单身汉都会到这条街上闲逛。塔纽什卡家的窗户下都被踩出一条小路了，但塔纽什卡看也不看他们一眼。

那些女邻居开始责备起娜斯塔西娅来：

“你家的塔纽什卡怎么这么自命不凡、高高在上啊？她没有女同伴，对男孩子也是连看都不想看一眼。她这是想嫁给王子还是想当修女呢？”

娜斯塔西娅听到这些责备也只能叹气道：

“哦，各位邻居，连我自己也不知道这是怎么回事啊！我女儿本来就有点儿让人琢磨不透，是那个路过我家的巫婆最终把她弄成了这副样子。我要是对她说什么，她就会目不转睛地盯着自己那枚有魔力的纽扣看——一言不发。我本想把她那枚该死的纽扣扔掉，但那枚纽扣对她的生意有好处。每当她想换丝线或不知该怎么办的时候，她就会看一眼那枚纽扣。她也拿给我看过，但我眼神不好，也看不出什么来。我真想狠狠地揍她一顿，但你们看，她是那么努力为家里赚钱的孩子。我们能生活下去全靠她赚来的钱。我每次想到这些，就会大哭一场。每当这个时候，塔纽什卡都会跟我说：‘妈妈，要知道，我的婚姻并不在这里。在这里，我不想见任何人，他们做游戏我也不想参与。为什么要给别人徒增烦恼呢？坐在窗下是因为我干的手工活儿需要。你为什么要责备我呢？我做错了什么呢？’瞧，我能怎么回答她呢？！”

他们的日子一天天好起来了。关于塔纽什卡有绣花好手艺的消息不胫而走。不仅是在工厂里或是在他们所住的城市里，就连其他地方的人对塔纽什卡的手艺也有所耳闻，订单源源不断，付的钱也很多，足以抵得上一个身强力壮的男子挣到的钱。只是这时候他们家却遭遇了一件倒霉事——发生了一场火灾。火灾发生在半夜。牲口棚、干草棚、马匹、母牛以及所有的工具都被烧毁了。好在人都跑了出来。全部的家当就只剩下了那个首饰盒，娜斯塔西娅在匆忙中把它抱了出来。第二天，她说：

“看来我们已走到了绝路——不得不卖掉首饰盒了。”

两个儿子异口同声地说：

“卖了它吧，妈妈。只是不要卖得太便宜了。”

这时塔纽什卡偷偷地看了一眼纽扣，那上面出现了一个绿眼睛的女人，似乎在说：“让他们卖了吧！”塔纽什卡很伤心，但又有什么办法呢？无论如何，爸爸的纪念品最终都会到那个绿眼睛的女人的手上。她叹了一口气说：

“卖就卖吧！”

她甚至都没最后去看一眼首饰盒里的那些饰品。更何况他们正寄居在邻居家里，不方便打开看。

他们刚有要卖掉首饰盒的打算，商人们就闻讯赶来。也许纵火犯就在他们中间，为了得到首饰盒而放火烧了房子！要知道来的买家都竞相出价！他们看到这家的孩子们已经长大了，出的价就更高了。有人出五百卢布，有人出七百卢布，甚至有人愿意出一千卢布。按照当地的行情，这笔钱已经不少了，足够支撑接下来的生活了。但娜斯塔西娅要价两千卢布。商人们开始和她讨价还价。一点儿、一点儿地加钱，他们各自谈各自的价格并且互相隐瞒报价。你看，为了这么一个东西，没人愿意让步。在他们讨价还价的时候，波列瓦亚村矿上来了一个新管家。

以前的管家在矿场里一待就是很久，但最近这些年管家常常调换。斯捷潘还在世的时候那个管家是一个臭名昭著的家伙，老矿场主就把他发配到克雷拉托夫斯科矿场了。然后是外号叫“煎屁股”的管家，工人们曾让他坐过烧红的铁板。接着调来的是“刽子手”谢维里扬，之后又换了两三个管家，现在又来了这个人。

据说，这个人是从国外来的，会说多国语言，俄语说得比较差，但有一句话用俄语说得很清楚——“用鞭子打”。他说这句话的时候口气十分傲慢，声音拉得很长：“用鞭子——打！”只要有人说了让他不开心的事，他就会高喊一句：“用鞭子——打！”所以大家就给他起了一个绰号叫“鞭子”。

事实上，这个“鞭子”管家并不是很坏。虽然他总是大声嚷嚷，但不会总把矿工往“消防屋”*里赶。他来了之后，当地那些打手就无事可做了。在这个“鞭子”的管理下，人们松了一口气。

还有这么一件事。老矿场主的身体那个时候已经非常虚弱了，几乎挪不动双腿了。他希望给儿子娶一位伯爵小姐为妻，但这个年轻的少爷已经有了一位心仪之人，而且他还非常喜欢她。那要怎么办呢？事情变得有些尴尬。怎么让媒人去提亲呢？于是老矿场主派人去劝那个女人，也就是他儿子的意中人，希望她可以嫁给一位音乐教师。这位音乐教师是老矿场主雇来的。既教孩子们音乐，也教孩子们外语，这是贵族家庭传统的做法。

* “消防屋”是指矿上用来折磨和拷打矿工的地方，“消防员”就相当于施暴者。——译者注

“你何必要得到这样一个坏名声呢？”老矿场主对她说，“你可以嫁给他人，而且我会给你一笔钱，并让你的丈夫去波列瓦亚村做管家。那里的活儿很容易做，只要把工人看紧点儿就行了。虽说你的丈夫是位音乐教师，但他足以胜任这份工作。你和他在波列瓦亚村会过得很好。可以说，你们将是那个地方最有影响力的人物。每个人都会仰视你们、尊敬你们。这有什么不好呢？”

这个女人被说服了。她这么做，不知是她与老矿场主的儿子发生了争吵，还是她另有什么打算。

她说：“我早有这样的想法，就是一直不敢说出来。”

当然，一开始音乐教师是不同意的：

“我不想娶她，”他说，“她是一个臭名昭著的荡妇。”

但矿场的老爷是个诡计多端的老家伙，一个个矿场也不是一般人能开的。不知他用了什么办法，最后音乐教师同意了，或许是对他稍加威胁，或许是哄骗，或许是灌醉——总之，在大家看来，婚礼很快就要举行了。婚后两人就去了波列瓦亚村。就这样，“鞭子”管家就出现在了我们矿场。他总共在这里也没住多久，但说实话，他这个人并不坏。“鞭子”主管走后，厂里又来了一个叫哈里的管家，人们甚至都舍不得让“鞭子”走。

“鞭子”管家带妻子来到这里的时候，正是商人们竭力讨好娜斯塔西娅的时候。“鞭子”的妻子很漂亮，脸上白里透红——总而言之，是个人见人爱的女人。不然的话，老爷的儿子怎么会喜欢上她呢？那也是经过一番认真挑选的！于是，“鞭子”的妻子也听说了这个首饰盒要出售的事。她心想：“我也得去看看，也许它真的值钱呢！”她从头到脚精心打扮一番后，立即驱车赶往娜斯塔西娅家。要知道，矿场里的马车时刻都为管家和他的妻子准备着。

到了之后，她对娜斯塔西娅说：“哎，亲爱的，能让我看看你要卖的那些宝石饰品吗？”

娜斯塔西娅拿出了首饰盒给她看。“鞭子”的妻子的两只眼珠子滴溜溜地转了起来。要知道，她曾在圣彼得堡接受过教育，和老爷的儿子也一起去过很多国家，对首饰很在行。“这是多么珍贵的首饰啊！”她心想，“这样的饰品就连皇后也没有戴过呀，可竟然在这儿，在这个波列瓦亚村里，在这个遭遇了火灾的女人手里有！我一定要把它买下来！”

“卖多少钱？”“鞭子”的妻子问。

娜斯塔西娅回答：

“你要想买就给两千卢布。”

“鞭子”的妻子也假装讲了讲价钱，然后说道：

“好吧，亲爱的，你收拾一下，带上首饰盒跟我走，到了地方你就能拿到全款。”

但是，娜斯塔西娅并没有同意。

“在我们这儿呢，”她说，“没有这样的传统，不能先拿走东西再给钱。你把钱先拿来——首饰盒就是你的了。”

“鞭子”的妻子见遇到的女人不是善茬，就速速回去取钱了，临走的时候她嘱咐道：

“那你可不能把它卖给别人哦，亲爱的。”

娜斯塔西娅回答说：

“这个你放心，我不会食言的。我会等你到今天晚上，如果晚上你不来，就和你没关系了。”

“鞭子”的妻子回去了，商人们立刻围了上来。很明显，他们一直在跟踪着首饰盒出售的进展，都在问：

“唉，怎么样？”

“预售出去了。”娜斯塔西娅回答。

“卖多少钱？”

“两千，按照我之前确定的价格。”

“这个价格怎么能行！”商人们喊道，“你没长脑子还是怎么的？宁可卖给外乡人，也不愿卖给自己人！既然外人买，那咱们得提高价格啊！”

但娜斯塔西娅并没有上他们的当。

娜斯塔西娅说：“你们已经习惯了出尔反尔，但我不能和你们一样。我已经答应了那个女人，就这样了！不要再谈这个话题了！”

“鞭子”的妻子很快就回来了。她带来了钱，直接交到了娜斯塔西娅手里，然后提起首饰盒就往外走。走到门口时刚巧碰见了塔纽什卡。看得出来，她出门了，整个卖首饰盒的过程中她并不在家。她看到了一个贵妇手里提着首饰盒。塔纽什卡盯着她看，心想这并不是她以前见过的那个女人。而“鞭子”的妻子也在直勾勾地瞧着她。

“真是莫名其妙，你看什么看？这是谁家的小孩子？”“鞭子”的妻子问。

“她是我的女儿，”娜斯塔西娅回答说，“她就是你买的这个首饰盒的继承人。如果不是走投无路了，我才不会卖了它。我女儿从小就喜欢玩首饰盒里的这些饰品，她一边玩一边说，戴上它们既暖和又漂亮。我现在说这些还有什么意义啊？卖了就是卖了！”

“亲爱的，你不要这样想，”“鞭子”的妻子说，“我一定会为这些宝石饰品找到一个好去处的。”而她自己心想：“好在这个绿眼睛的女孩子还不知道她自己有多大魅力。如果她出现在圣彼得堡，就连沙皇都会被她迷得神魂颠倒。一定不要让我那位傻瓜情人——图尔恰尼诺夫看见她。”

就此大家分道扬镳了。

“鞭子”的妻子一回到家，就对丈夫吹牛说：

“现在，我亲爱的朋友，不只是你，就连图尔恰尼诺夫少爷也奈何不了我。——只要你惹我不开心，那就再见！我或是去圣彼得堡，或是到国外，卖掉这个首饰盒。像你这样的男人，如果我需要，我就可以买上两打！”

一番吹嘘之后，她还是想试戴一下新买来的首饰。哎，女人嘛，都这样！她跑到镜子前，第一件事就是戴上了头饰。“哎哟，哎哟，这是怎么回事呀？真受不了！”这个头饰紧紧地缠住了她的头发。她费了好大劲儿才勉强把头饰摘了下来。可她还是忍不住又戴上了耳环——耳垂差点被撕裂。手指伸到镶宝石的戒指里——就被紧紧地箍住了，抹上肥皂才勉强把戒指从手指上拽下来。丈夫取笑她说：“看样子你是享受不了这份尊贵啊！”

她心想：“这到底是些什么东西呢？我得去一趟城里，拿给首饰匠看看，让他给我改做一下，但要提防他调包宝石。”

她说做就做。第二天一大早，她就乘坐马车离开了这里。她打听到哪个师傅最可靠，于是直接去找了他。首饰匠已经很老了，但对石头可是行家里手。他看了一眼首饰盒，问是从谁那里买来的。“鞭子”的妻子给他讲了她所知道的一切。首饰匠又仔细看了看首饰盒，但里面的宝石饰品他连看都没看。

“我接不了您这个活儿，”首饰匠说，“无论您出多少钱，我都接不了。当地的工匠们都干不了这个活儿。我们的手艺胜任不了这样的活儿。”

“鞭子”的妻子当然不明白这个工艺难在哪里，就气冲冲地找别的工匠了。只是所有的工匠就像商量好了似的都看看首饰盒，欣赏一番，但对里面的宝石饰品连看都不看一眼，就断然拒绝了这份加工首饰的活儿。这时，“鞭子”的妻子也耍了一点儿小计谋，她对其中一名工匠说：“这个首饰盒是我从圣彼得堡带来的。所有的首饰都是在那儿做的。”那个工匠听完只是哈哈大笑起来。

“我知道，”他说，“我知道这个首饰盒是在哪儿做的，做这个首饰盒的师傅的大名早已如雷贯耳。我们跟他可不是一个水平的，而且这是那个首饰匠为某个人专门定制的首饰，其他人都戴不了，怎么改也没有用。”

“鞭子”的妻子还是一头雾水，她只明白了一点，这个活儿不好干，他们都害怕某个人。她回想起首饰盒的原主人好像说过，她女儿喜欢把这些首饰戴在自己身上，心想：“难道这些首饰都是专门为那个绿眼睛的女孩子做的？那我可太倒霉了！”

接着她又转念一想：

“我管那么多干吗？我把它再卖给一个有钱的蠢女人不就好了？让她受折磨去吧，而我把钱赚回来就好！”带着这样的想法，她回到了波列瓦亚村。

“鞭子”的妻子一回到波列瓦亚村就听到了一个消息：矿场的老爷去世了。他狡猾地安排她和“鞭子”结了婚，而他最终没能逃过死亡——说死就死了。连儿子的婚事都还没来得及操办，儿子现在成了新的矿场主了。没过多久，“鞭子”的妻子收到了一封信。信中解释了事情的原委，最后写道：“我亲爱的，春汛到来之前我要去多个矿区走访，到时候会把你接走，你的那位音乐教师随便打发到哪儿去吧。”“鞭子”不知怎么知道了这件事，大闹了一番。你知道的，这让他在别人面前很没面子，也很苦闷。不管怎么说，他也是一个管家了，而他的妻子马上就要被别人夺去。他开始酗酒，当然是和仆人们一起喝。白吃白喝让他的仆人们感到很开心。一次，他们正在狂饮，其中的一个人吹牛说：

“在我们矿区出了一个美女，这样漂亮的女人找不出来第二个。”

“鞭子”问道：

“这是谁家的女儿？她住在哪里？”

于是大家就跟他说了是首饰盒家的女儿，并告诉他关于首饰盒的故事——你老婆就是从这家人手上买到的首饰盒。

“鞭子”说：

“我好想看一眼这个女子。”

告诉他这件事情的人也想去看看，正愁没理由呢，于是说：

“我们最好现在就去瞧瞧吧，看看他们是不是已经建好新房子了。这家人虽不是矿工，但毕竟住在矿区里。万一他们不服，可以收拾收拾他们。”

有两三个仆人跟着“鞭子”一起去了。他们拖着一条铁链，想用它测量一下娜斯塔西娅家新盖的房子有没有占用别人家的土地，柱子撑起的房盖有没有超出边界。总之，他们去找碴了。然后他们进了娜斯塔西娅家的房子，家里恰好只有塔纽什卡一个人。“鞭子”看了一眼塔纽什卡，惊叹得说不出话来。要知道，他从来没见过这么漂亮的女孩子。他像个傻瓜一样站在那里，而塔纽什卡却坐在那里一言不发，就好像这事与她无关一样。接着“鞭子”

稍稍向后退了几步，问道：

“您在做什么呢？”

塔纽什卡说：“在给别人加工绣品。”并展示了一下自己手里的活儿。

“我可以预订一个吗？”

“如果价钱合适，为什么不可以呢？”

“您可以，”“鞭子”又问了一次，“您可以给我用丝线绣出一个你自己的画像吗？”

塔纽什卡悄悄地看了一眼纽扣，那个绿眼睛的美人给她做了一个手势，意思是可以接受这个活儿，并用手指了指自己。塔纽什卡回答说：

“自己的画像我不会绣，但我可以绣出另一个女人的画像，她身戴昂贵的宝石，穿着皇后穿的那种连衣裙。但要做这样的绣品价格可不便宜。”

“价钱嘛，”他说，“这个你大可放心，无论是一百还是两百卢布，我都会付的，只要像您就行。”

“脸会像我，”她回答说，“但衣服可不像我的。”

他们商量好的价钱是一百卢布。塔纽什卡定的交货期限是一个月。只是“鞭子”会时不时地跑过来询问绣品的进展情况，其实是醉翁之意不在酒。他同样着迷于塔纽什卡的美貌，但塔纽什卡完全不在意这一点，通常跟他说上两三句话后，就不再说话了。“鞭子”的酒友们开始嘲笑他：

“她到现在都没有多看你一眼，你真是白白磨破了鞋底啊！”

最终，塔纽什卡绣好了那个肖像。“鞭子”看了一眼订制品——哇，天啊！这简直就是她本人啊！而且穿了一件镶满宝石的裙子！

“鞭子”比约定的价格多给了她两张一百卢布的钞票，但塔纽什卡没有收取多出来的两张。

“我们不习惯接受赠礼，”塔纽什卡说，“我们是靠劳动挣钱糊口。”

“鞭子”急匆匆地跑回家，急着欣赏这件肖像绣品，还将它偷偷藏了起来，并没有告诉他的妻子。此后酒会举办得少了，他也开始慢慢关心起矿场的事情来了。

春天，年轻的新矿场主到各地的分矿场检查工作，也来了波列瓦亚村的矿场。老百姓被赶出来做祈祷，接着在主人家里举办了舞会、酒会。新矿场主还给老百姓送来了两桶红酒——为了悼念已故的老矿场主，欢迎新矿场主。这是新矿场主“新官上任三把火”，想以此笼络人心。图尔恰尼诺夫家矿场里的工人们都去参加了这场宴会。矿工们喝过矿场主赠饮的一杯酒后哪能控制得住，都要自己花钱再买上十杯，也不知道过的是什么节，稀里糊涂就当过节了，最后再看一看自己的口袋——连最后几个戈比都买酒喝了。第二天矿工们都去干活儿了，而矿场主家的宴会仍在继续。就这样，日子一天天过去了。矿场主和宾客们玩累了就睡一会儿，然后再继续喝酒作乐。有时他们也去划船，去森林里骑马，弹奏乐器。总之，他们消遣娱乐的项目远不止这些。“鞭子”管家总是喝得烂醉。矿场主总是故意把最会喝酒的人派去陪他喝——直到把他灌醉为止！另外，这些人也努力地讨好新主人。

“鞭子”虽然喝醉了，但也明白他们的用意。他在客人面前感到很没面子。于是他在酒桌上当着大家的面说：

“我并不在乎图尔恰尼诺夫矿场主把我的妻子带走。就让他把她带走好了！我不需要这样的女人，因为我有这个！”然后他从口袋中拿出了丝绣的画像。在场的人都惊呆了，而“鞭子”的老婆也是惊讶地张大了嘴巴。矿场主更是看得目不转睛，他感到十分好奇。

“她是谁呀？”矿场主问。

“鞭子”开始哈哈大笑起来：

“你就是给我一桌子黄金，我也不会告诉你！”

不用他说，矿场的工人们立刻就认出了那是塔纽什卡。大家争先恐后地告诉矿场主这个姑娘是谁。“鞭子”的妻子气得捶胸顿足地说：

“你们胡说什么呀！胡说什么呀！简直是一派胡言！想一想，一个矿场里的女孩子哪儿来的这么昂贵的宝石裙子呢？而这幅肖像是我丈夫从国外带回来的。结婚前他就给我看过。现在你们喝醉了，看东西难免眼花。他醉得恐怕连自己都要不认识了。瞧，他已经喝得全身浮肿了！”

“鞭子”觉得妻子太讨厌了，就大骂起来：

“你真是太不要脸了，太丢人了！你为什么要编谎话糊弄矿场主？还竟敢当面撒谎！我什么时候给你看过这件丝绣的画像？它是我在这里找人为我绣制的。而这画像上的姑娘，就是他们口中的那个女孩子。至于裙子——我不会说谎——我不知道是从哪儿来的。裙子可以随便，但宝石可是她自己的。那些宝石现在就在你的柜子里锁着呢。是你自己花两千卢布买的，但你却戴不了。看来，你这个女人根本配不上那些高贵的首饰！全矿场的人谁不知道你买首饰盒的事？”

矿场主听说了宝石的事，就立刻说道：

“快拿出来给我看看！”

你知道吗，矿场主并不聪明，花钱却大手大脚。说到底，他不过是父亲产业的继承人罢了，没什么能力。他偏爱宝石。他也没什么可以炫耀的——俗话说，既没有高大的身躯，也没有一副好嗓子，就是收藏的宝石多！听说哪儿有好宝石，他就要马上买到手。别看他不是很聪明，但对宝石还是很内行的。

“鞭子”的妻子见状，也没有办法了，只好拿出了首饰盒。矿场主看了一眼首饰盒，立刻就说：

“要卖多少钱？”

她脱口说出了一个天价。矿场主当然要和她讨价还价。最后以一半的价钱成交，矿场主给她写了一张字据，因为随身没带现款。矿场主把首饰盒放在自己面前的桌子上，说道：

“把你们说的那个女孩子叫来。”

有人赶快去找塔纽什卡。她什么也没问，就跟着来了，心想：“应该是又有一个大订单。”走进屋，屋里都是人，在屋子中间，她看到了之前看到过的那个长着招风耳的人。这个人面前放着那个首饰盒，即她父亲留给她的纪念品。塔纽什卡立刻认出了矿场主，问道：

“你叫我来干什么？”

矿场主一句话也说不出来。他直勾勾地盯着她看，半天缓不过神来。最后他终于回过神来，问道：

“这是你的宝石饰品吗？”

“之前是我们家的，但现在是她的了。”说着，她指了指“鞭子”的妻子。

“现在是我的了。”矿场主炫耀地说。

“这是你们之间的事。”

“那你想不想让我把它再送还给你呢？”

“没那个必要了。”

“你可不可以戴上它们试试呢？我想看看，这些宝石饰品戴在人的身上是否合适。”

“这是可以的。”塔纽什卡回答。

她打开首饰盒，挑选了几件饰品——对她来说，这已经是习以为常的事情了，她很快就把首饰都戴好了。矿场主看着她，除了连声赞叹，再也说不出其他的话。塔纽什卡戴着首饰站了一会儿，问道：

“看够了吗？还要继续看下去吗？要知道，我可没工夫继续站在这里了，我还有很多活儿要做呢。”

矿场主这时当着大家的面问道：

“嫁给我吧，你同意吗？”

塔纽什卡只是冷笑了一声说：

“一个矿场主说出这番话，真有失身份。”

说完，她把首饰摘下来就走了。

只是矿场主并没有就此放弃。第二天他又前来求婚了。他苦求娜斯塔西娅：“把你的女儿许配给我吧！”

娜斯塔西娅说：

“我左右不了她的想法，而且在我看来，她与你也不相配。”

塔纽什卡听了听他们的谈话，说道：

“倒也没什么不配的……我听说，好像在皇宫里有一个宫殿，里面镶满了我爸爸开采出来的孔雀石。如果你能在那个宫殿里让我见到皇后，我就嫁给你。”

矿场主当然什么条件都答应她。他马上安排去圣彼得堡，叫塔纽什卡跟他一起去。他说："我可以给你提供一辆多匹马拉的豪华马车。"

但塔纽什卡却说：

"按照我们这儿的习俗，没有举行婚礼前未婚妻是不能坐未婚夫的马车的。等以后你履行了承诺，我们再来谈结婚的事。"

"那你什么时候，"矿场主问，"会去圣彼得堡呢？"

"圣母帡幪节*前我一定会去的，"塔纽什卡说，"这一点你不用担心，那么现在请你先离开这里吧。"

矿场主离开了，当然没有带走"鞭子"的妻子，甚至连看都没再看她一眼。当他回到圣彼得堡的家时，就开始在城里到处吹嘘那些宝石饰品和自己的未婚妻，并给很多人展示了那个首饰盒。大家都非常好奇他的未婚妻究竟长什么样子。快到秋天的时候，矿场主给塔纽什卡准备好了住处，也把各式各样的裙子、鞋子都准备齐全了，但塔纽什卡托人捎信来说，她住在城郊的一个寡妇家里。

矿场主当然立刻去了那里，他见了塔纽什卡就说：

"你怎么能这样！你真的要住在这里吗？住的房子我都为你准备好了，一切东西都是最好的！"

塔纽什卡回答说：

"我住这里感觉挺好的。"

关于宝石饰品和图尔恰尼诺夫未婚妻的传闻已经传到了皇后的耳朵里，她说：

"让那个图尔恰尼诺夫把他的未婚妻带来给我看看。关于她

……………………

* 东正教的圣母日（俄历 10 月 1 日）。——译者注

的传闻可是不少啊！”

矿场主赶紧去找塔纽什卡。他说，你要打扮一下再去见皇后，还说特别为她缝制了一件去皇宫穿的礼服，再拿出孔雀石首饰盒里的首饰让她戴上。塔纽什卡却回答说：

“你不用担心我穿什么衣服，宝石首饰暂时借我用一下。另外，你不用派马车来接我，我坐自己的马车去皇宫。你在皇宫入口的台阶处等我就可以了。”

矿场主心想：“她能从哪儿弄到马车呢？又从哪儿弄到进皇宫穿的衣服呢？”但他到底还是没敢问她。

于是大家动身去皇宫了。他们都坐着马车，穿着丝绸或天鹅绒制的礼服。图尔恰尼诺夫矿场主早早就到了台阶处等候自己的未婚妻。其他人也非常好奇地想看看他的未婚妻到底长什么样子，所以都在这个地方停了下来。塔纽什卡戴上了宝石饰物，围上了一条工厂女工才会戴的普通头巾，穿上了自己的小皮袄，一个人悄悄地走来了。人们看到这样一个女孩子，感到很好奇：这个女孩子是从哪儿来的呢？于是都跟在了她的身后。塔纽什卡来到皇宫门口，但宫里的仆人不让她进去，并说：“不允许一个工厂的工人随便出入皇宫。”图尔恰尼诺夫矿场主远远地就看到了塔纽什卡，只是他觉得她让自己很没面子——他的未婚妻是步行来的，还穿着这样普通的小皮袄，他立即躲了起来。这时塔纽什卡敞开了小皮袄，仆人们看到她里面穿着一件非常漂亮的连衣裙！这样漂亮的连衣裙连皇后都没有！——就立刻放她进去了。塔纽什卡摘下了头巾，脱下了小皮袄，周围的人都不禁赞叹起来：

“这是谁家的女孩子呀？也许是哪个国家的公主吧？”

这时图尔恰尼诺夫矿场主跑了过来。

“这是我的未婚妻。”他说。

塔纽什卡这时严肃地看了看他，说：

“这个我们还要等着瞧！你为什么要骗我——说好在台阶前等我，为什么说话不算话呢？”

矿场主百般解释，最后说：“那是我一时疏忽，非常对不起，请你原谅。”

于是，他们一起走进了皇宫里被指定好的宫殿。塔纽什卡看了看说：“这不是咱们说好的地方。”然后语气更加严厉地问图尔恰尼诺夫矿场主：

“怎么又是骗局？我不是跟你说了吗，我要在由我爸爸开采的孔雀石装饰的宫殿里见皇后。”说完，她就像在家里一样，在皇宫里自己开始寻找起那个有孔雀石的宫殿了。议员、将军等人都跟在她后面走，心里想：“这是怎么一回事呢？看来，她是被命令去其他的宫殿了。”

聚到这里的人越来越多，所有人的眼睛都盯着塔纽什卡看，而她却站在了一个有孔雀石装饰的墙边，等待着。图尔恰尼诺夫矿场主当然也等在一旁。他小声对她说：“站在这里等皇后不合适，皇后可没吩咐在这个宫殿里接见咱们。”塔纽什卡却依然站在那里，甚至连眉毛都没有动一下，好像矿场主完全不存在一样。

皇后来到事先定好的准备接见他们的房间，但那里空无一人。皇后身边的仆人对她说：“图尔恰尼诺夫的未婚妻把所有人都带去了孔雀石宫殿。”皇后当然不满地嘀咕了几句，心想：“她也太为所欲为了！”她跺了跺脚，这就表示，她有点儿生气了。但皇后还是向孔雀石宫殿走去。大家见皇后来了都向她鞠躬，只有塔纽什卡站着一动没动。

皇后大喊道：

“来，来，让我看看那个胆大妄为的家伙——把图尔恰尼诺夫的未婚妻带过来见我！”

塔纽什卡听到这句话，皱了皱眉，对矿场主说：

“这又是你骗人的把戏吧？！我要的是皇后来见我，而你却暗中使坏。让我去见她！你又一次骗了我！我再也不想见到你了！把你的宝石饰品统统拿回去！”

说完这话，她就将身体倚靠在孔雀石墙上，突然消失不见了。墙上只留下了闪闪发亮的宝石饰品，它们就镶嵌在之前塔纽什卡的头、脖子和手所靠近的地方。

在场所有的人都吓坏了，皇后也吓得失去了知觉，咣当一声倒在了地上。大家蜂拥而上，赶紧把她扶了起来。在这场慌乱平静下来之后，一些朋友对图尔恰尼诺夫矿场主说：

“快把你的宝石收起来吧！要不然很快就会被偷光的！这里可不是别的地方——这里是皇宫啊！人们都清楚这些宝石价值连城啊！”

图尔恰尼诺夫赶紧去抓那些宝石。可他抓住哪颗宝石，哪颗宝石就变成了一滴水珠。这些水珠有的像纯净的眼泪，有的黄澄澄的，有的则像血液一样黏稠。最后他什么也没抓到。这时他突然发现地上有一枚纽扣。纽扣是由玻璃瓶那种玻璃制成的，非常普通。他由于心里痛苦就把它捡了起来。他把纽扣抓在手里，这枚纽扣立刻就如一面大镜子般，里面出现了一个穿着孔雀石连衣裙的绿眼睛的美女，戴着各种名贵宝石饰品，哈哈大笑着对他说：

“就凭你这个眼睛斜、长着招风耳的低智商男人，还想娶我？难道你配得上我吗？”

听到这些话，矿场主失去了最后的理智，但他并没有扔掉这枚纽扣，反而不时地看着它，那里面总是出现一个绿眼睛的女人，站在那里，哈哈大笑，还说些伤人的话。由于伤心，矿场主又开始天天举办宴会，渐渐负债累累，我们的矿场差点儿毁在他手里。

“鞭子”管家被解雇后，总去小酒馆喝酒。喝得最后倾家荡产，只剩下那身破衣烂衫，还有那个丝绣的画像。后来这个画像的去向，没人知晓。

“鞭子”的妻子也没能过上什么好日子，要知道，厂里所有的铁和铜都被抵押了出去，她单凭矿场主老爷的那张字据又能得到什么呢？

从那时起，我们就再也没听到过塔纽什卡的任何消息，好像她从来没有出现过一样。

娜斯塔西娅当然伤心了，但也没有太伤心。塔纽什卡虽说是她的女儿，但她对娜斯塔西娅来说总像个陌生人。

再说，娜斯塔西娅的儿子们那个时候也已经长大成人了。两个儿子都结了婚。娜斯塔西娅有了孙子，屋子里的人也多了起来。娜斯塔西娅开始忙着照顾孙子，还要忙着其他事情，所以她一点儿也不觉得无聊寂寞！

厂里的单身汉们还久久忘不掉塔纽什卡。他们经常在娜斯塔西娅家的窗户下踱来踱去，期待着塔纽什卡会突然出现，但他们始终没有等到。

后来这些单身汉当然也都结了婚，只是还时常想起塔纽什卡来，不时地慨叹：

“我们矿场原来有过一个那么漂亮的姑娘！这样漂亮的姑

娘这辈子也见不到第二个了！”

此事之后，有过这样一种说法，铜矿山女神好像分成了两个人，因为人们同时见过两个穿着孔雀石连衣裙的姑娘。

（本作品创作于 1938 年）

宝石花

帕维尔·彼得罗维奇·巴若夫 著
单妮娜 译

并非只有大理石村的工匠们会雕刻石头。据说，我们工厂的师傅们的石刻手艺也不错。有所不同的是，我们的工匠们用于加工的原材料是孔雀石，主要是因为我们这儿的孔雀石很多，而且品质是最好的。用这种孔雀石做出来的东西也是最漂亮的。你听说了吗，这种孔雀石加工出来的物件美得令人赞不绝口，这正是好石出巧匠啊！

当时有个叫普罗科皮奇的石匠，是孔雀石雕刻的一等好手。没有人比他雕刻得更好。遗憾的是，他已经上了年纪。

老爷*吩咐管家派几个年轻人去普罗科皮奇老师傅那儿当学徒。

“让他们一定要掌握这门技艺的精髓。”

但是这个普罗科皮奇呢，不知是他不想让自己的手艺外传，

…………………………

* 十月革命前俄国仆人对主人的称呼。——译者注

还是有什么其他原因，总之，他教得不上心，时不时还和徒弟大打出手。不是把哪个学徒的头上打个包，就是差点儿扯掉谁的耳朵，然后还向管家告状说：

“这个人不是这块料……眼力不行，手也不灵巧，教不出来。”

管家显然是奉命来说服普罗科皮奇的。

“这个不行就不行吧……我们再给你换个人来……”于是就打算派另一个小伙子来当学徒。

小伙子们都听说了学这门手艺的遭遇……一大早起来就大喊大叫着，生怕被派到普罗科皮奇那儿当学徒。父母更不忍心让自己的孩子去受罪，他们尽其所能地护着自己的孩子。还有人说，加工孔雀石对身体有伤害，是会中毒的，所以大家都不想干这个活儿。

管家不管怎么说都要执行老爷的命令，他不断地给普罗科皮奇送去学徒。而普罗科皮奇还是折磨这些小伙子，再把他们退还给管家。

“这个人也不是这块料……”

管家终于忍不住了，气急败坏地说：

“这到什么时候是个头呀？不是这个不行就是那个不行的，什么时候才有行的呢？就教这个吧……”

普罗科皮奇依然固执己见地说：

“我倒无所谓……就算我教他十年，他也不会成器的……”

“那你想要一个什么样的学徒呢？”

“你最好别再给我派人过来了，我不想收学徒了。”

管家还是给普罗科皮奇挑了一些小伙子，但最终结果都是一样的：头上被打出包，而心里都琢磨着怎么逃跑。他们故意弄坏许多东西，好让普罗科皮奇主动把他们赶走。

就这样，轮到那个吃不饱的孩子丹尼尔去当学徒了。这个男孩是个孤儿。他大约十二岁，也许再大一点儿。他个子很高，身体瘦得仿佛皮包骨。可是他的脸长得很清秀。头发是卷曲的，眼睛是蓝色的。起初他是被送到老爷家里做侍童的，干一些递递鼻烟壶和手帕、跑跑腿之类的活儿。只是这个孤儿不擅长做这样的事儿。做这个差事的其他孩子都机灵得很，还没等老爷问话，就会笔直地站在那里毕恭毕敬地问道：您有什么吩咐？而这个丹尼尔呢，他会跑到角落里，眼睛直盯着一幅画或者装饰品什么的，就一直站在那里。有人喊他，他就当没听见。他刚来的时候当然经常挨揍，后来大家也就不再理会他了：

“真是一个傻里傻气的家伙！做事马马虎虎的！当一个奴才都不称职！”

不管怎样，这个孩子没有被派往矿石加工厂或者被派到山上去采矿，因为那里实在太潮湿了，他的身体估计一周都挺不过去。于是管家让他去放牧，可丹尼尔放牧也放不好。小伙子倒是很勤快，但总是犯错。他似乎总在思考着什么，眼睛常盯在一根草上发呆，而他的牛早就跑得不见踪影了！老牧羊人倒是个和善的人，他可怜这个孤儿，有时候也骂道：

“你到底能干些什么活儿呢，丹尼尔？你这样会毁了你自己，也会害得我这把老骨头挨鞭子。这样下去怎么能行呢？”

“我自己也不知道啊，爷爷……其实呢，我什么也没想……我只是有点儿看入迷了。我看到一只小甲虫从叶子上爬过来了，它的背部是蓝色的，翅膀下面是黄色的……而叶子宽宽的，叶子的边儿都是锯齿状的，像带褶的裙边一样。叶子边儿的颜色稍深一点儿，中间的颜色却是鲜绿的，就像刚刚上完了色一样。而这只小甲虫就一直在这片小叶子上爬来爬去。”

“丹尼尔，你是不是傻？你是来研究小甲虫的吗？它爬就让它爬去吧，而你的任务就是放牛。你给我听好了，别再想这些没用的东西了，不然的话，我就告诉管家！”

丹尼尔有一个绝活儿，他学会了吹牧笛，他哪里会顾及老爷爷说什么呢？他可是吹得一口好笛子！到了晚上，他把牛赶回来之后，年轻的姑娘和老婆婆们就凑过来请求他：

“亲爱的丹尼尔，为我们吹上一曲吧！”

于是他开始吹起来。而这些曲子都是她们没听过的。那美妙的声音一会儿似喧闹的森林，一会儿似潺潺的溪水，一会儿又似鸟儿的啁啾，美妙极了！为了感谢丹尼尔优美的笛声，女人们有的给他补衣服，有的给他扯块绑腿布，有的给他做新衬衫。吃的东西就更不在话下了，每个人都想着多给他带来一些好吃的。老牧羊人也很喜欢听丹尼尔吹奏的曲子。麻烦就出在这儿。丹尼尔只要开始吹牧笛，就会把一切都抛之脑后了，确切地说，就会把牛完全忘了。他正是在吹笛子的时候遇到了麻烦。

看来丹尼尔吹奏得入了迷，老牧羊人也打了一会儿瞌睡。他们的两头小牛就在这个时候走散了。当他们准备把牛群赶到牧场上时，才发现一头牛不见了，另一头牛也不见了。于是他们急忙开始寻找，可哪能找得到呢？他们是在叶利尼奇河附近放的牧……这里是狼出没的地方，很偏僻……最终他们只找到了其中一头牛，只好把这些牛赶回了家……他们向周围的人问了个遍，工厂的人也都跑出来帮忙寻找，结果还是没有找到。

大家都知道那时的惩罚是什么样的，只要犯错就都是要挨鞭子的。像老天故意作对似的，丢的那头牛正好是管家家里的。那就根本别想会被饶恕了。他们先把老牧羊人痛打了一顿，然后就开始打丹尼尔，可是他又瘦又小，老爷的打手甚至失口说错了话：

“这个小家伙呀，”他说，“给他一鞭子就会昏过去，没准儿一下子就被打死了。”

但他还是一鞭子抽了下去，毫不手软，丹尼尔却一声没吭。打手又给了他一鞭子，丹尼尔还是不吭声。第三下，还是一声不吭。这可把打手气坏了，他使出浑身的力气又打了下去，一边打一边喊道：

“我要打死你，我让你不吭声……我非把你打出动静不可……我看你有多大能耐！”

丹尼尔浑身颤抖，泪流满面，可仍然一声不响。他咬住了嘴唇，挺直了身体。他就这样直到昏厥也没叫喊过一句。管家看到这情形后，惊讶地说道：

“真是个有忍耐力的人啊！如果他还能活着，我倒是知道应该把他派到哪儿了。”

丹尼尔连续几天起不来床，后来是维霍莉哈奶奶把他治好了。听说，有这么一位神奇的老太太，她在我们工厂里相当于医生，远近闻名。她很清楚各种草药的功效：哪些可以治牙痛，哪些可以治劳伤，哪些可以治酸痛……总之，什么药有什么功效，她都知道。她当年在各种草药生命力量旺盛的时候亲自上山采药，然后用这些草药连根茎一起熬成汤剂，再用润滑油搅拌成膏状。

丹尼尔在维霍莉哈奶奶的家过得很舒服。你知道吗，奶奶待人和蔼可亲，又爱说话，她把采来的草叶、根茎和各种花晒干之后挂满了小木屋。丹尼尔对各种花草都很好奇：这种花叫什么名字？长在什么地方？什么时候开花？然后奶奶就会讲给他听。

有一次，丹尼尔问：

“奶奶，我们这个地方的每一种花你都认识吗？”

奶奶说：“我不是吹牛呀，所有伞形花序的花我都认识。”

他问：“难道还有不是伞形的花吗？”

奶奶回答道：“有这样的花。你听说过山苏花吗？这种花好像只在伊万·库帕拉节*那天才开花。这是一种有魔力的花，它能给人们打开宝藏之门，但对人类自身是有害的。这种魔力草开出来的花朵宛如跳跃的火焰，只要抓住了这朵花，所有的宝藏之门都会向你打开。总之，这是朵巫术之花。世界上还有一种有魔力的花——石头花。听说它生长在孔雀石山上。这种花在过蛇节**的时候魔力无边，看到石头花的人都会遭遇不测。”

“奶奶，会发生什么不测呢？”

“这个呢，孩子，具体能发生什么不测我也不清楚。反正我听说是这样的。”

本来丹尼尔可以在维霍莉哈奶奶家多住一段时日的，可是管家手下的人发现，小伙子已经能一瘸一拐地走路了，就马上禀告管家了。管家于是叫来了丹尼尔，说道：

“现在你就去普罗科皮奇那里学习孔雀石加工的手艺吧。

…………………………

* 伊万·库帕拉节（7月7日，旧历6月24日）以爱情为重要内涵，年轻人用各种浪漫的方法占卜自己的爱情。传说库帕拉之夜充满魔力、神异无比，亦是邪恶力量苏醒的时刻。举行象征性的“灭巫”仪式，是库帕拉节的重要活动。——译者注

** 蛇节在每年的6月12日（旧历5月30日）庆祝。——译者注

这个活儿正适合你干。”

哎，那有什么办法呀？丹尼尔只好去了，但他的身体实在太虚弱了，一股风都能把他刮倒。

普罗科皮奇上下打量了他一番后说道：

“就你这样的怎么当学徒？那些体格好的小伙子都没能坚持学下去，而你这病秧子能有啥出息？能活着就不错了！”

然后普罗科皮奇就去找了管家，他说：

“我可不能要这个孩子。我要是一失手把他打死了，还得给他偿命。”

而管家呢，不管他怎么说，就是不听：

“这就是给你安排的学徒，你只要教他就行了，不要挑三拣四的！你别看他外表上单薄,这个孩子实际上身体结实着呢！”

“那好吧，就随您的便吧，”普罗科皮奇说，“那咱们可把丑话说在前头，我会教他的，但一旦有什么不测，可不能叫我偿命。”

“没人会让你偿命的。这个小伙子是个孤儿，你怎么对待他也不会有人找你算账的。”管家回答道。

普罗科皮奇回到家里，看到丹尼尔已站在车床旁，正在仔细地观察着一块孔雀石。那块石头上面已经标记出哪些边缘可以凿掉。丹尼尔盯着这个地方看了一会儿，然后摇了摇头。普罗科皮奇很好奇这个新来的孩子在看什么，于是他用习惯的语气严厉地问道：

“你在干什么？谁让你动这个工艺品的？你在看什么？”

丹尼尔回答道：

“爷爷，在我看来，不应该从这面凿边。您看，这个边儿是有纹理的，而您却要把它凿掉。”

普罗科皮奇当然大喊起来：

“你说什么？你以为你是谁啊？你是师傅吗？你从来没干过这个活儿，还敢来跟我指手画脚，你懂啥呀？”

“我只知道这个好东西要被毁掉了。”丹尼尔回答道。

“是让谁毁了，啊？你这个毛孩子凭什么敢这么说话呢？竟敢跟我这样的头等大师傅班门弄斧吗？！我现在就让你知道知道什么叫毁了……我看你是活腻了！”

他就这样大吵大闹了一阵子，可是对丹尼尔却一根手指头也没有碰。你猜怎么着，普罗科皮奇自己也在想该怎么处理这块玉石呢，到底应该从哪面凿边。丹尼尔说到点子上了。普罗科皮奇也喊累了，说话的语气变得温和起来：

“那么，你这个从天而降、横空出世的大师来告诉我，依你看应该怎么做？”

于是，丹尼尔就指着石头说了起来：

“最好顺着纹理凿。要把这块石头稍稍再凿窄一点儿，把光滑的那个边敲掉，只留下最上面的那个小三角。”

普罗科皮奇时不时地喊道：

“哎哟……你说得还真对！你懂得还真够多的！学会了的东西可不能忘了啊！”他心里却想：“这孩子说得都对，也许呀，他以后还真能有点儿出息。可是这么瘦弱的孩子叫我怎么教他呀？我要是打他一拳，他就得蹬腿儿死了。”

他心里虽是这样想，但嘴上还是忍不住问道：

“你到底是谁家的孩子，上过学吗？”

于是丹尼尔就跟他讲起了自己的身世。

他说自己是个孤儿。不记得妈妈长什么样，也不知道爸爸是谁。大家都叫他“吃不饱的孩子”，他也不知道父亲的名字。他还讲了曾经在老爷家里做侍童的经历，还有他因为什么被赶出去了，然后又说了夏天放牛的经历，又讲了是如何挨打的。

听到这些，普罗科皮奇对他动了怜悯之情，说道：

“我看你的命真够苦的，小伙子，日子过得真是难啊，现在又落到了我的手上。我教的这门手艺可是不好学啊！”

然后他似乎很生气，开始喃喃自语：

“行了，行了，别说了！你瞧瞧，你的话也太多了！如果光靠嘴不动手就能干活儿，那么人人都会干手艺活儿了。你这一个晚上都在磨嘴皮子，这是来学手艺的吗？我明天再看看你有什么本事！现在快坐下来吃晚饭吧，然后该睡觉了。”

普罗科皮奇一直过着独居生活。他的妻子早就去世了。邻居家的老太太米特罗凡诺夫娜有时顺便来帮他做一些家务。每天早上她来给他做点儿饭、煮点儿汤什么的，再帮他收拾收拾屋子，晚上普罗科皮奇就自己随便做点儿吃的。

吃过晚饭后，普罗科皮奇说：

“你在那边的长椅上睡吧！”

丹尼尔脱下鞋子，用一个背包做枕头，把上衣盖在身上，蜷缩成一团儿。你瞧，尽管秋天的小木屋里很冷，可他还是很快就睡着了。普罗科皮奇也躺下了，但却睡不着，他的脑子里一直萦绕着小伙子说的关于孔雀石纹理的事。普罗科皮奇辗转反侧，他索性起来了，点了支蜡烛，来到车床旁，站在那儿反复地揣摩着那块孔雀石。一会儿把这个边遮上，一会儿把那个边遮上，一会儿往这边加点料，一会儿又在那边去掉一部分。总之，无论他怎么颠来倒去，结果都是那个小伙子的方案最合理，小伙子对纹理研究得非常透彻。

“你这个吃不饱饭的小家伙还真有两下子！”普罗科皮奇很是惊讶，“我还什么都没教你呢，你就能指导我这个老师傅了。呵，真是好眼力啊！好眼力啊！”

普罗科皮奇悄悄地走进下屋，从那里拽出一个枕头和一件大羊皮袄。把枕头塞到了丹尼尔的头下，把羊皮袄给他盖在身上：

“睡吧，好眼力的小家伙！”

可是丹尼尔并没有醒来，只是翻了个身，把腿伸进了羊皮袄里，因为他觉得身体暖和了，甚至还发出了轻微的鼾声。普罗科皮奇没有自己的孩子，这个丹尼尔倒是很合他的心意。老师傅站在那里看着他，满心欢喜，而丹尼尔打着鼾，甜美地沉睡着。普罗科皮奇最关心的是怎样才能让这个小伙子身体强壮起来，希望他别像现在这样瘦弱，这样弱不禁风。

“就他现在这样的身体状况怎么能学我这门手艺呢？石粉里面的毒性成分会让他越来越憔悴。他应该先好好休息，等他身体强壮起来后再教他。看来这是块学石雕手艺的料。”

第二天，他对丹尼尔说：

“你得先帮我做做家务，这是我收徒弟的规矩。你听明白了吗？第一件事就是去采摘荚蒾子。霜打后的荚蒾子正好用来做馅饼。就是别走太远，能采多少算多少，多带些面包在林子里吃，然后到米特罗凡诺夫娜家里一趟，让她给你煎几个鸡蛋带上，再用桦树皮圆筒装些牛奶带在身上。听明白了吗？”

到了第二天，他又说：

“你去给我捉一只叫声好听的金翅雀和一只活泼可爱的朱

顶雀回来。你看看，能不能今晚就给我捉回来。听明白了吗？”

当丹尼尔捉到这两只小鸟回来之后，普罗科皮奇又说：

“干得不错，但只捉这两只小鸟还不够。再去捉几只其他的鸟儿。”

就这样，普罗科皮奇每天都给丹尼尔安排点事儿做，但都是些有趣的事儿。每次下雪的时候，他都叫丹尼尔和邻居一起去拾柴火，说是让他搭把手儿。说是这么说，可那叫什么帮忙啊？去的时候他坐在雪橇的前面驾着马，拾完柴火后他再跟着马车走回来。这样活动活动之后，他在家里能多吃些饭，睡得也更香了。普罗科皮奇给他置备了一件皮毛大衣、一顶棉帽和一副手套，还给他订制了一双毡靴。看来，普罗科皮奇还是有些积蓄的。他虽是个农奴，但他是干活儿交租的那种，还是挣了点儿钱的。他越来越疼爱丹尼尔了。直说了吧，他把丹尼尔当成自己的儿子了。而且，他对丹尼尔毫不吝啬，只是没有过早地让他跟着自己学手艺。

丹尼尔在这种优越的生活条件下，身体恢复得相当快，对普罗科皮奇也产生了依赖感。这么好的日子他怎么会不感恩呢？他明白普罗科皮奇的良苦用心，他生平第一次过上这样的好日子。冬天过去了。丹尼尔觉得更自在了。他有时去池塘边儿，有时去林子里。不过丹尼尔也总是暗中观察师傅做雕刻的手艺。他每次跑回家，就马上和师傅谈论起孔雀石雕刻的事情来。他总是给普罗科皮奇讲自己的想法，也经常问他，这雕的是什么东西？这是怎么雕出来的？普罗科皮奇总会给他讲解，并实际操作给他看。丹尼尔都记在了心里，有时候他也自己动手去操作。“那让我来试一试吧……”普罗科皮奇在旁边看着他做，必要时就纠正他一下，告诉他怎么做能更好。

有一次，管家在池塘边看见了丹尼尔，就问手下人：

“那是谁家的孩子呀？我在池塘边看到他多次了……他经常在这里钓鱼，他已经不是小孩子了……是谁这么惯着他，不让他干活儿……”

手下人打听清楚后告诉了管家，可他不相信。

“那好吧，”他说，“你把那个小子带到我这儿来，我亲自问问他。”

丹尼尔被带来了。管家问他：

“你是谁家的孩子？”

丹尼尔回答说：

“我是在师傅家做学徒的，学孔雀石雕刻手艺的。”

管家听了之后就揪住了他的耳朵，恶狠狠地说：

“原来真是你这个混蛋啊，你就是这样学手艺的吗？！”说完揪着耳朵就把他带到普罗科皮奇那儿去了。

普罗科皮奇一看事情不妙，就赶紧袒护丹尼尔说：

“是我让他去钓几条鲈鱼的。我很想吃点儿新鲜的鲈鱼。最近身体不太舒服，我吃不下别的东西，就让这个孩子去钓几条鲈鱼回来。”

管家发现丹尼尔完全变了个人：身体变得健壮了，穿的衬衫质地很好，裤子也不错，脚上还穿着皮靴。他想检查一下丹尼尔的手艺如何，便问道：

“那好吧，你就让我看看，师傅都教会了你什么？”

丹尼尔系上了工作围裙，走到车床前，开始连说带比画起来。无论管家问什么，他都能对答如流。如何凿平石头，如何锯开石头，如何切割斜角，什么时候用什么东西黏合最好，怎么加长边料，怎么镶上铜饰，怎么把石头镶嵌到木头上，总之，什么都说得头头是道。

管家考来考去，最后对普罗科皮奇说：

“看来，这个孩子是你想要的那块料了吧？”

“我很满意。”普罗科皮奇回答道。

“我看你是满意过头，已经开始纵容他了！他是被派来跟着你学手艺的，而你却让他在池塘边钓鱼玩！你给我小心点儿，要不然我会让你吃不了兜着走！我要让你长记性，这小子也免不了吃苦头！”

管家说完这些威胁的话就走了，普罗科皮奇却对丹尼尔的表现十分惊讶。

“丹尼尔，你是什么时候学会这些的？我还什么都没开始教你呢！”

“是你自己教我的呀，”丹尼尔说，“你给我讲过的，给我演示过的，我都记住了。”

普罗科皮奇激动得甚至眼泪都下来了，他打心眼儿里喜欢上了丹尼尔。

“好孩子，”他说，“我亲爱的，丹尼尔……我会把我知道的一切都告诉你……毫无保留地……”

只是从那时起，丹尼尔就没有那种自由自在的生活了。第二天，管家就派人把他找去了，给他先安排一些活儿来考验他的手艺。当然，一开始的活儿都很简单：做一些女人戴的小饰品，小首饰盒。然后就开始让他做一些精细活儿：烛台和各种装饰品。石头上面需要雕刻一些图案，比如一些小叶子和小花瓣、一些细花纹等。要知道，雕刻孔雀石可是个精细活儿。看起来很简单的一个物件，工匠们不知要精打细磨多长时间！丹尼尔就是在这样的精打细磨中，手艺变得越来越精湛的。

当他用一整块石头雕出一款蛇一样活动自如的手镯时，管家已经完全把他当成大工匠来看待了。管家把这件事写信告知了老爷：

“几经周折，我们这儿终于新出了一位孔雀石工匠，他的名字叫丹尼尔，人称‘吃不饱的孩子’。他的手艺不错，只是因为年轻，干活儿还有点慢。请老爷您吩咐，是让他继续按件干活儿计算报酬，还是像普罗科皮奇一样，以交租的方式放他出徒干活儿呢？”

丹尼尔干活儿其实一点儿都不慢，而且是又快又好。只是普罗科皮奇跟管家耍了点儿花招。管家要给丹尼尔五天的任务量，普罗科皮奇就去找管家说：

“他完成不了的，这些活儿至少得干半个月。小伙子还处于学徒阶段。他一着急，就会浪费掉一整块石头。”

当然了，管家每次都要和他争执一会儿，但结果还是会多给几天工期。丹尼尔干活儿丝毫不费劲儿。他甚至瞒着管家偷偷学会了读书写字。虽然只学会了那么一点点，但也算是个识字的人了。不用说，自然是普罗科皮奇为他暗中提供了方便。有时他自己也替丹尼尔来完成管家安排的任务，但丹尼尔不让他替自己干活儿：

“这怎么能行呢？可不能这样！爷爷，怎么能让您替我守在车床边挨累呢？您看，您的胡子都被孔雀石染绿了，万一您累倒了，我可怎么办呀！”

丹尼尔在此之前身体已经十分健壮，虽然大家还是习惯叫他“吃不饱的孩子”，但他现在已经是一个高大帅气的小伙子了！他身材高大、面部红润、一头卷发，而且爱说爱笑。总之，他是少女们倾慕的对象。普罗科皮奇已经开始和他商量找未婚妻的事儿了，丹尼尔却摇了摇头，说道：

“未婚妻早晚会有的！等我成为一个真正的工匠时，再考虑这件事。”

老爷给管家回信了，内容是这样的：

“让那个普罗科皮奇的徒弟丹尼尔为我家做一个精致的雕花的孔雀石碗，到时候我再决定，是让他以交租的方式干活儿，还是让他继续以计件付酬的方式干活儿。只是你要看着点儿普罗科皮奇，不能让他帮丹尼尔干这个活儿。如果没看住，我就会惩罚你。”

管家接到这封信后，就把丹尼尔叫过去了，他说：

“从现在起，你就要在我这儿干活儿。车床我让人给你安装好，石头按你需要的形状和大小给你配送。”

普罗科皮奇听说这件事儿后很伤心，他说：“怎么会这样呢？这算怎么一回事？”于是他直接去找管家了。难道管家能听进去他的意见吗？管家只向他大喊道：“这关你什么事儿！”

就这样，丹尼尔去新的地方干活儿了，而普罗科皮奇则反复叮嘱他说：

“丹尼尔，你要注意，干活儿千万别毛躁！不要过于表现自己！”

丹尼尔一开始时很小心。他量了又量，算了又算，但这样磨洋工的做法让他觉得很无聊。不管怎么做，都要挨到工期结束，工期到来之前就得一天到晚都待在管家家里。就这样，为消磨时间，丹尼尔像挣开了锁链一样使出全身力气大干了起来。那个碗在他的精打细磨之下很快就做出来了，栩栩如生。管家看了看，觉得就应该是这个样子，于是他说道：

“你再做一个这样的！”

丹尼尔又做了一个，然后又做了第三个。当他做完第三个的时候，管家又说：

“这下你可无法抵赖了！我抓到了你和普罗科皮奇的把柄！老爷按照我在信上说的情况，给你的工期是做一个碗的，而你却做出了三个。我知道你的本事有多大了。别再骗我了，我还要教训一下那个老家伙，看他以后还敢不敢纵容你！我看他今后怎么给别人发号施令！”

于是管家把这件事写信报告给了老爷，还把三个碗都给老爷寄了过去。但是老爷呢，不知是突然醒悟了，还是生了管家的气，反正他的想法与管家的正好相反。

老爷给丹尼尔定的按活儿交租的比例非常少，也没让人把他从普罗科皮奇身边带走，老爷心里有自己的盘算，他觉得师徒两个人在一起或许能想出更多的新花样呢。老爷随信寄来了一张图纸。图纸上画了一个带有各种装饰的碗。碗沿上有雕刻的花边，碗身上有一条镂空的石制的丝带，碗的底座上有几片小叶子。一句话，这是凭空想象出来的图纸。老爷在图纸的下面写了一行字：“只要能做出跟这个画纸上一模一样的东西，哪怕给他五年工期也行。”

于是管家不得不收回自己所说的话。他向他们师徒二人转达了老爷的意思，让丹尼尔回到普罗科皮奇那里，并把图纸交给了他。

丹尼尔和普罗科皮奇感到十分开心，他们干得更起劲儿了。丹尼尔很快就着手做起了那个新碗。要想雕刻这个碗，需要太多技巧了。稍有不慎，就白做了，还得从头开始。不过没关系，丹尼尔眼尖、手巧，精力充沛，因此一切进展顺利。只有一件事让他不太满意：虽然他克服了很多困难，但他觉得做出来的碗没有一点儿美感。他对普罗科皮奇说起这件事时，老师傅对他的说法十分不解：

“你管它美不美呢？是他们凭空想象出来的东西，那就是说只有他们自己需要。我这一辈子雕出来的东西还少吗？谁知道它们都被送到哪儿去了呢！”

他又问了一下管家做这个东西有什么用，可管家摆手跺脚地大声呵斥他说：“你疯了吗？这张图纸是花了很多钱买的。它可是京城知名的艺术家画的呀，而你却在这儿品头论足的！”

后来，管家似乎想起了老爷信中嘱咐他的话：“或许他们两个在一起能想出什么新花样。”想到这里，他说道：

“这样吧……你先按照老爷的图纸做这个碗，万一你能想出什么好点子的话，就按照你的想法来，我是不会干涉的。你也知道，我们的石头各式各样，应有尽有。你要什么样的，我都会给你。”

现在丹尼尔陷入了冥思苦想之中。正所谓“说起来容易做起来难”，要想自己琢磨出点儿新东西，谈何容易啊！你瞧，丹尼尔正坐在那儿按照图纸雕刻这个碗呢，可实际上他却心不在焉，脑子里一直萦绕着一个问题：这块孔雀石最适合雕刻哪种花儿、哪种叶子呢？他变得越来越深沉、郁郁寡欢起来。普罗科皮奇注意到了他的变化，问道：

“你没事吧，丹尼尔？是哪儿不舒服吗？这个碗你也不要放在心上。急什么呀？你最好出去散散心，不要老是坐在那儿不动弹。”

“您说得对，”丹尼尔说，“那我就去林子里走走，或许能看到我想要的东西。”

从那时起，他几乎每天都往森林里跑。现在正是割草、采浆果的时节，各种野花都开了。丹尼尔有时会突然停在割草的地方或者林中空地上，站在那里凝视一会儿。或者在割草的地方来回走一走，看看花花草草，似乎在寻找着什么。这个季节森林里和草地上的人总是很多，他们问丹尼尔是不是丢了什么东西，他沮丧地笑了笑，说道：

“丢倒是没丢什么，但我想要的东西却没找到。”

这时，有些人就说起闲话来了：

“这个小伙子好像有点儿不正常。”

他一回到家，就马上坐到车床旁，一直坐到天亮，天一亮，就又跑到树林里或草地上。他开始把各种花草带回家，比如藜芦、药芹、曼陀罗、喇叭茶等。他的脸瘦得塌陷进去了，眼神开始忧郁迷茫，干活儿的手也失去了往日的自信。普罗科皮奇看了十分担忧，但丹尼尔却说：

“那个碗一直在困扰着我，使我寝食难安。我真想做出一个能够让孔雀石变成栩栩如生的碗来。”

普罗科皮奇劝他说：

“做出那样的石碗对你来说能有什么用啊？除了填饱肚子，你还需要什么呢？既然是那些老爷喜欢，就让他们自娱自乐去吧。只要别侮辱咱们就行。他们给咱们什么图案，咱们就按照图案做好了，为什么要迎合他们呢？那不是自找麻烦、自寻烦恼吗？”

但丹尼尔仍然坚持自己的观点。

“我倒不是为了老爷而努力做这件事，”他说，“我心里一直放不下那个碗。我知道，我们这儿的石头有多好，可是我们能用它做出什么好东西来呢？除了削、切、磨，其他的什么也做不了。所以我想做出一件东西，既能让它展示出石头的活力，又能给大家带来美的感受。”

过了一会儿，丹尼尔又坐到车床前，按照老爷的图纸琢磨起那个碗来。他一边干活儿一边笑道：

“一条镂空的石带，一圈雕刻的花边……”

然后他突然把这个碗扔到了一边，重新开始做另一个。丹尼尔一刻不停地站在车床旁忙碌着。他对普罗科皮奇说：

“我准备把这个碗雕刻成一朵曼陀罗花的形状。”

普罗科皮奇又开始劝他。一开始，丹尼尔根本不想听师傅的劝阻，过了三四天，他出了点儿差错之后，才对普罗科皮奇说：

“那好吧。我先把老爷的碗做好，然后再做自己的那个。等那时候您就别劝我了……我的脑子怎么也放不下那朵曼陀罗花的样子。”

普罗科皮奇回答说：

“好吧，我不会妨碍你的。”而老头儿心里却想：“他慢慢就会打消这个念头的，自己渐渐就会忘记的。再说也该给他办婚事了。对！等他成了家，就不会再异想天开了！”

丹尼尔继续忙着做老爷要的那个碗。那个碗并不好做，工序很多。他一直在埋头苦干，已经忘了曼陀罗花。于是普罗科皮奇和他谈起了结婚的事儿：

“我看卡佳·列特米娜就挺好，做你的新娘不行吗？多好的一个姑娘啊……没什么可挑剔的。”

普罗科皮奇说这番话倒是经过一番深思熟虑的。他早就发现丹尼尔看好了这个姑娘，而她对丹尼尔也不反感。于是，普罗科皮奇装作不经意间提起这个话题。可丹尼尔却坚定地说：

“再等等吧，等我把老爷的碗做好了再说。我正因为它心烦着呢！一个不小心的动作就会用锤子把它弄坏了，而你却跟我提结婚的事儿！我和卡佳已经商量好了，她会等我的。”

就这样，丹尼尔按照老爷的图纸做完了那个碗。他当然没有告诉管家，他想在家里办个小型宴会。未婚妻卡佳和她的父母一起来了，还有一些加工孔雀石的工匠。卡佳看到那个碗，感到十分惊讶。

“太漂亮了，”她说，“你竟然把这么复杂的图案都雕刻出来了，石头却一点儿也没有被凿碎！整个碗被雕刻得圆润而光滑！”

工匠们也都赞叹有加：

“简直和图纸上的一模一样！没什么可挑剔的，极其完美！没有人能像你这样做得既快又好。你要这样干下去的话，我们大概很难赶上你了。”

丹尼尔听了大家的夸奖之后说：

“正因为你们一点儿毛病也挑不出来，我才闹心呢！又光又平，碗边的饰物清晰，完全符合图纸的雕刻，但是这个碗的美体现在哪里呢？如果你看到一朵小花，哪怕是最不起眼的一朵花，你只要看它一眼，心里就会高兴。那么，这个碗能让谁看一眼就感到高兴呢？它能有什么用呢？看到它的人就和我的卡佳一样，只会觉得惊讶，惊叹于做这个碗的师傅的心灵手巧和耐力，惊叹于石头没有被凿裂。”

工匠们笑着说：“即便是有凿碎的地方，补上一小块石头然后抛抛光也就行了，不会看出任何破绽的。”

“你们说得都对……那我问你们，天然的奇石之美在哪里呢？奇石的纹理就像人的指纹一样，这是奇石独一无二的特征，而你却要在上面钻几个孔，雕上几朵花儿。这有什么用呢？这只能是对石头的破坏！要知道这是多好的一块石头呀，太可惜了！这可是奇石呀！你们懂吗，这可是一块奇石呀！”

丹尼尔越说越激动。看来，他是因为喝了点儿酒才这么多话的。

工匠们对他说的也和普罗科皮奇不止一次对他说过的一样：

“石头就是石头，你能用它做什么呢？我们能干的就是对它进行打磨和雕刻。”

这里还有一位老人。他曾经是普罗科皮奇和其他工匠的师傅，大家都叫他老爷爷。他是个极其瘦弱的小老头儿，但他听明白了工匠们这番话的意思，于是他对丹尼尔说道：

“好孩子，你不要一条道走到黑啊！快把这件事忘了吧！否则的话，你就会落到铜矿山女神的手里，她会把你抓去做矿山上的工匠的……”

“是抓去做工匠吗，老爷爷？”

“是抓到山里做工匠，没有人能见到他们……女神需要什么，他们就做什么。我碰巧见过一次。那真是高超的手艺啊！和我们这儿的完全不一样。”

所有人都觉得很好奇。大家都问他见过什么新鲜的玩意儿。

“见过一条蛇一样灵动的石制品，”他说，“就像你们用石头雕刻出来的绣花套袖一样。”

“那到底是什么样的东西呢？是什么样的蛇形物呢？”

“我告诉你吧，反正和我们这儿雕刻出来的东西不一样。任何一个工匠看到，就马上能发现不是出自我们之手。我们雕刻出来的蛇，无论怎么打磨，看上去都是石头的，他们雕刻出来的却活灵活现，就像真蛇一样。黝黑的蛇背，眼睛又圆又亮……你一看它，它就像要咬你一口一样。对他们来说，这又算得了什么呢？他们见过真正的石头花，懂得花儿的灵魂之美。”

丹尼尔一听说有石头花，就马上对这老头儿刨根问底起来。老头儿掏心掏肺地对他说：

“孩子呀，我不知道，但我听说有这么一朵花，我们凡人是看不到它的。人们只要看到这朵石头花，就是一场灾难，就要离开这个世界了。”

丹尼尔对此很感兴趣，说道：

“我真想去看看。”

这时，他的未婚妻卡佳感到十分不安：

“你怎么能这样呢，丹尼尔？你难道不想活了吗？”她边说边哭了起来。普罗科皮奇和其他工匠发现事情不妙，就马上拿老头儿开起了玩笑：

“你真是老糊涂了，老爷爷。你是在讲童话故事吧？你可别误导小伙子了。”

老头儿大发雷霆，拍了一下桌子说道：

“确实有这种石头花！小伙子说得对，我们不懂石头，那朵花展现出来的才是真正的美！”

工匠们都笑了：

“老爷爷，你是喝多了吧？”

可他还是坚持自己的说法：

“真的有这种石头花！”

客人们已经散去，但丹尼尔还久久不能忘记老头儿说的那番话。他又跑到林子里，在他的那朵曼陀罗花周围走来走去，而对婚事根本不再提了。普罗科皮奇多次催促他说：

“你让人家女孩子怎么做人呀？让她等到猴年马月才能结婚吗？再等下去，别人会笑话她的，周围的长舌妇还少吗？”

丹尼尔还是钻牛角尖儿：

“再给我点儿时间！等我想到办法雕刻那朵花，找到一块合适的石头之后，再考虑结婚的事儿。”

于是他常常去古缪什卡山的铜矿区。他下到矿井里，走遍了每个矿井去找，当他返回到井上的时候，就在矿上挑石头。有一次，他掀起一块石头，仔细看了看说：

“不，这块不行……”

丹尼尔话音未落，就听见有人说：

“去别的地方找找吧……蛇山上有你要找的石头。”

丹尼尔环顾四周，连个人影都没有。这会是谁呢？是有人在和他开玩笑吗？好像这里也没有能藏身的地方啊！他又环顾了一下四周，正准备回家了，背后又出现了这个声音：

“你听到了吗，丹尼尔师傅？我告诉过你了，蛇山上有你想要的石头。”

丹尼尔回头望去，透过一层蓝蓝的薄雾，有个女人隐约可见，然后眼前的一切就瞬间消失了。

“这是什么东西？”他想，“难道真的是铜矿山女神吗？那么我去一趟蛇山又能怎样呢？”

丹尼尔对蛇山还是了解的。它本来就在附近，离古缪什卡山不远。可现在这座山没了，早就被挖平了，之前人们还经常在这座山上采石头呢。

第二天，丹尼尔就去了蛇山。山虽然不大，但很陡。有一面山坡陡得如刀削的一般。这儿是一个可用于安装望远镜的好地方。所有的岩层都看得一清二楚，没有比这儿更好的用于观察岩石的地方了。

丹尼尔走到这个陡坡前，突然发现一块突出的孔雀石。这块大石头用手是搬不走的，看起来像一棵灌木一样。丹尼尔开始仔细观察这块新发现的石头。这正是他想要的：底部的颜色稍深一些，石头的纹理也正是他所需要的……总之，真是踏破铁鞋无觅处啊……丹尼尔高兴极了，很快就去借来了一匹马，他把这块大石头运回了家，并对普罗科皮奇说：

“你快来看看，这是块什么石头！它好像是特意为我准备的一样。有了它，我就能雕出石头活生生的样子了；做完了这个曼陀罗花碗，我就可以结婚了。是呀，卡佳等我等得太久了。其实我也很难受，只是这个活儿一直困扰着我。我真想快点儿把它做完啊！”

于是丹尼尔全身心地投入对这块石头的雕刻。他不分昼夜地忙碌着，普罗科皮奇也不吱声。也许，小伙子在愿望得到满足后就会安下心来过日子了。他的活儿进展得很顺利，石头的底座已经被磨平了。你知道吗？他雕刻出来的就像一朵真的曼陀罗花一样鲜活。花的叶子宽大浓密，叶子上还有锯齿和纹脉，雕刻得简直太形象、逼真了！就连普罗科皮奇都说，真想用手摸摸它。

可是，当丹尼尔雕到顶部时却出了问题，雕出来的花枝很细，侧面的叶子很薄，它们怎么能支撑住上面的花儿呢？碗的形状倒是很像曼陀罗，但仍然不是他想要的样子，不够鲜活，也缺少了真花的灵性。这让丹尼尔彻底失眠了。他一直坐在那儿研究自己雕出来的碗，琢磨着怎么修改，怎么才能把它做得更逼真。普罗科皮奇和其他工匠来看的时候都非常惊叹：小伙子还有什么不满足的呀？这个碗已经被雕刻得登峰造极了，可以说是前无古人后无来者，可他还是不满意。大家都认为丹尼尔在说胡话，该给他看看医生了。卡佳听到这些话之后，就哭了起来。这才使丹尼尔醒悟过来。

“好吧，”他说，“我以后再也不碰它了。看来，我无法超越自己了，也抓不到石头的灵性。”于是丹尼尔自己也开始张罗婚事了。但是有什么可张罗的呀？新娘子早就把一切都准备好了！结婚的日子定下来了。丹尼尔很高兴。他把做完碗的事告诉了管家。管家跑来一看，发现这个碗雕得可真是不一般。他想现在就把这个碗邮寄给老爷，可丹尼尔却说：

“再等一等，我还需要再修一修。”

正值秋季，在蛇节前后他们举办了婚礼。有人不经意间说了一句，所有的蛇很快就会聚集在同一个地方。丹尼尔留心了这句话。他又想起了人们说过的用孔雀石雕出的石头花那件事，这让他陷入了沉思：“我是不是应该最后再去一趟蛇山呢？万一我在那儿能发现点儿什么呢？”他又想起了那块他发现的孔雀石，好像是被故意放在那里似的，还有矿井里的那个声音……告诉他去蛇山找石头！

于是丹尼尔又去了蛇山。这时地面已经开始微微结冰，雪花纷纷飘落下来。在丹尼尔走近他上次拿走那块孔雀石的峭壁时，他发现这个地方有一个大坑，好像是有人在那里挖走了一块石头一样。丹尼尔根本没去想是谁挖走了石头，而是直接走进了坑洞。他想："我在这里坐一会儿，避避风，也休息一会儿，这里比较暖和。"这时，他发现坑洞的一面墙边有一块灰色的石头，像一把椅子的形状。丹尼尔就坐了上去。他一边琢磨一边往地上看，那朵石头花始终在他脑海里挥之不去。"要是能看一眼那朵石头花该多好呀！"这时周围忽然间变得暖和起来，好像夏天突然来了。丹尼尔抬起了头，他对面的墙边突然出现了坐着的铜矿山女神。根据她姣好的面容和孔雀石长裙，丹尼尔立刻认出了她。可他转念一想："也许是我的幻觉，实际上并没有人。"

他坐在那里，一声不吭，注视着铜矿山女神所在的那个地方，好像什么也没看见似的。她也不说话，好像也在思索什么要紧事情一样。然后她突然问道：

"怎么样，丹尼尔师傅，你的曼陀罗花碗做成功了吗？"

他回答道："没有。"

"那你不要灰心！再试一次，石头一定会按照你的想法成型的。"

他回答道："不，我受不了了。我已经竭尽了全力，还是做不出来。请给我看看石头花吧。"

女神说："给你看倒是简单，但是你会后悔的。"

"难道你会不放我离开这座山吗？"

"我怎么会不放你走呢？路是四通八达的，但最后你还是会回到我这里来的。"

"给我看看吧，恳求你！"

她还在试图劝阻他：

“也许你可以自己再试一次。”她提到了普罗科皮奇，“他之前是因为可怜你，现在轮到你可怜他了。”她也提到了新娘子：“姑娘对你的感情忠贞不渝，而你却朝三暮四。”

“我知道，”丹尼尔喊道，“但是如果看不到这朵花，我就活不下去了。你给我看看吧！”

“既然是这样，”她说，“那就走吧，丹尼尔师傅，跟我去我的花园吧。”

她说完就站起身。突然传来一声巨响，有种山崩地裂的感觉。丹尼尔环顾一下四周，坑洞四周的墙壁都不见了，只有高耸入云的树木，只是它们与我们林子里的树木不一样，它们都是石头的，有些是大理石的，有些是蛇纹石的……总之，各种各样的石头树……但和真的树木一样，有树枝，也有树叶。它们随风摆动，发出叮叮当当的声音，就像有人在扔小石子一样。树的下面是草，也是石头的，有天蓝色的、红色的……各种颜色的草应有尽有……虽然不见太阳，但天却像是日落前一样明亮。树与树之间有一些金色的小蛇在翩翩起舞，原来亮光是从它们的身上发出来的。

然后女神就把丹尼尔领到了一片很大的空地上。这里的土就像平常的泥土一样，但上面的灌木丛却像黑色的天鹅绒一样光滑。这些灌木丛上盛开着大朵大朵的孔雀石绿色风铃花，每朵花的花蕊里都有一颗铅灰色的小星星。火红色的小蜜蜂在那些花上飞来飞去，像萤火虫一样闪闪发光，而小星星却发出微弱的声响，好像在唱着悦耳的歌曲。

“怎么样，丹尼尔师傅，你看到孔雀石花了吗？”女主人问。

丹尼尔回答说："怎么可能找到能做成这种花的石头啊！"

"如果你之前自己能想出来怎么做，我就会给你一块这样的石头，但现在晚了，我不能给你了。"她说完就挥挥手不见了。又传来一阵巨响，丹尼尔又回到了那个坑洞里，坐到了那块石头上，风在呼啸着。你要知道，秋天的风是很刺骨的。

丹尼尔于是回了家，那天新娘正在家里举行晚会*。丹尼尔也表现得很开心的样子，又是唱歌又是跳舞的，然后他又突然变得愁闷起来。新娘甚至有些害怕了，她问道：

"你怎么了？垂头丧气的，像参加葬礼似的！"

他说：

"我头疼得像裂开了一样，眼前一片漆黑，一会儿变绿一会儿变红的，什么光也看不见了。"

晚会就这样结束了。按照习俗，新娘和她的女友们要把新郎送回家。他们两家距离很近，中间只隔了一两座房子。于是卡佳说：

"姑娘们，我们绕路走吧。我们沿着这条街走到头，然后再沿着伊兰斯卡路返回来。"

她心里暗想："让丹尼尔吹吹风，他会不会感觉好些呢？"

那些姑娘自然很高兴。

"就应该这样送呀，"她们喊道，"他住得太近了，我们正好借绕道的机会再给他唱几首哭嫁曲**。"

夜很静，下着小雪，最适合散步了。于是他们就出门了。

…………………………

* 一种告别少女时代的仪式。——译者注

** 新娘出嫁时举行的哭唱仪式活动。——译者注新郎和新娘走在前面，新娘的女伴们和参加晚会的一个单身小伙子紧跟在后面。姑娘们唱起第一首哭嫁曲。曲调婉转悠长，嗓音悲凉得像是为死去的人唱的挽歌。卡佳觉得这样的歌完全不合时宜，就说道：“丹尼尔本来就很难过，你们怎么还唱这样的哀歌？”

卡佳努力把丹尼尔的思绪转移到别的上面，丹尼尔只说了几句话，但没过多久又伤心起来。与此同时，卡佳的女伴们唱完了哭嫁歌，又开始唱起欢快的民歌。她们笑着跑来跑去，但丹尼尔还是垂头丧气地低头走着。无论卡佳想什么办法，都不能让他高兴起来。就这样走到了丹尼尔家里。女伴们和那个单身小伙子也各自回家了，而丹尼尔没有遵照任何婚礼前的习俗，就直接把新娘送回去了，然后自己回家了。

普罗科皮奇早就睡下了。丹尼尔悄悄地点起了煤油灯，把他雕出来的几个碗都拿到屋子中间，站在那儿仔细地端详着它们。这时普罗科皮奇开始咳嗽起来。他咳得很厉害。看来，这个年纪的老人身体也的确不行了。那咳嗽声像刀子一样刺痛着丹尼尔的心。他回想起之前这些年的生活，越发可怜起这位老人。普罗科皮奇清了清嗓子问道：

“你在对这些碗做什么？”

“我在想是不是到该交给老爷的时候了。”

“早就到该交上去的时候了，”他说，“不交只会让它们白白地占着地方，再怎么加工也不会更好了。”

就这样，他们又聊了一会儿，然后普罗科皮奇就又睡了。丹尼尔也躺下了，但他一直睡不着。翻来覆去，辗转反侧，他又爬了起来，又点上了煤油灯，又看了看这几个雕出来的碗，然后走到普罗科皮奇床前，在老人床边站了一会儿，叹了叹气……

然后，他突然拿起一把小锤子，向曼陀罗花碗砸了过去，屋里顿时响起了一阵咔嚓的碎裂声。而按照老爷图纸做的那个碗他却一动也没动！他向那个碗的中间唾了一口，就跑出去了。从那时起，丹尼尔便杳无音信了。

有人说他疯了，死在了森林里，也有人说，铜矿山女神把他抓去做矿山上的石雕师傅了。

但事实并非如此。欲知后事如何，且听下回分解。

（本作品创作于 1938 年）

两只蜥蜴

帕维尔·彼得罗维奇·巴若夫 著
单妮娜 译

我们的波列瓦亚村呀，听说是某个国家出钱建的。当时这个地方什么矿场也没有。这里的战争不断，当然是国家之间的战争。于是士兵们被派到这里。政府为了保证行军在途中的安全，特意在山上建了一个具有防御功能的村庄。你知道吗，那时候的古缪什卡山矿藏资源丰富，于是人们纷纷涌向了这里。

当然，到这里来的人都是被强迫的，他们在这里建起了矿场，又来了一批德国人，但采矿的事情进展得并不顺利，没有达到他们预期的效果。我一直弄不明白，是德国人不想展示自己的才华，还是他们真的不会采矿呢？总之，他们放弃了对古缪什卡山的开采，又开始选择另一座山开采了，但那座山却什么矿产资源也没有，根本不值得开采。于是我们的波列瓦亚村就被一个姓图尔恰尼诺夫的人盯上了。

在此之前，这位图尔恰尼诺夫曾在斯特罗加诺夫地区做盐业生意，同时也做一点儿铜矿买卖。他曾有过一个矿场，准确地说，就是一个小作坊，和农民的手工作坊没什么区别。农民们把一堆矿石放在一起燃烧，然后经过熔炼、反复淬炼等工序炼出铜来。这种手工作坊给主人带来了不少利润。很显然，图尔恰尼诺夫就是看中了这一点。

听说这家德国人的炼铜厂经营不善，他就赶紧跑过来问，是否可以接手这个工厂。他说："我们对炼铜很有经验，如果我们接过来，一定能把矿场办好。"

而当地的杰米多夫家族和其他更富有、更有名望的矿场主对这件事却一点儿兴趣也没有。他们认为，德国人都没弄出什么名堂，接这样的工厂能赚什么钱啊？到手就是亏本的买卖。就这样，图尔恰尼诺夫不仅白白得到了我们的矿场，还被额外赠送了瑟谢尔季矿区。这么大的一笔财富可都是白送的呀！

就这样，图尔恰尼诺夫来到了波列瓦亚村，带来了自己的工匠。当然啦，他答应给工匠们各种好处。他是个商人，蒙骗别人是他最擅长的把戏，骗谁都很容易！

"你们好好干吧，"他说，"你们这些老哥啊，我保证你们一辈子都会生活无忧的……"

总之，这个花言巧语的家伙，真是说得比唱得好听！从小就学会了撒谎，现在更是谎话连篇了！他又故意利用德国人来刺激这些老工匠：

"难道你们还要继续在这里忍受那些'德国佬'吗？"

老工匠们本来不想离开他们现在居住的地方，可这句关于德国人的话却伤了他们的自尊。他们不想低人一等。而且那些德国佬还趾高气扬的，看不起我们的工匠，甚至不把他们当人看。老工匠们心里一直咽不下这口气，于是他们都来到了这个矿场想看一看。他们发现这里所有的设备都比他们那里的要好得多。当然了，毕竟是某个国家出资建造的嘛！看完设备，老工匠们又到古缪什卡山上走了走，看完山上的矿石之后，他们直言不讳地说道：

“在这里干活儿的德国人在干什么？！有这么好的矿石和炼炉，一吨矿石就可以炼出半吨纯铜呀！不过，需要有充足的盐，只要有与我们那里一样充足的盐就行。”

你听见了吧，他们的秘诀就是炼铜时要放些盐。他们希望这个地方也有足够的盐。图尔恰尼诺夫对他的工匠们充满信心，于是解雇了这里所有的德国人：

“我们以后再也不需要你们的工匠了。”

既然雇主辞退了他们，这些德国人又能有什么法子呢？他们开始收拾行李，有的准备回老家，有的准备去其他矿场。不过令他们感到惊讶的是，这些乡巴佬怎么能胜任这种技术活儿呢？德国人暗中怂恿两三个以前在他们德国人的矿场里干过活儿的师傅，说道：

“你们留意一下这些乡巴佬有什么秘诀。他们有什么本事敢接手这个工厂呢？如果你们发现了什么，就马上给我们报信，我们会给你们酬金的。”

被德国人唆使的人中有一个小伙子不错，他把这一切都告诉了我们自己的工匠们。于是工匠们就对图尔恰尼诺夫说：

“你最好能从我们当地人中招聘炼铜厂所有的工人，不然，你应该清楚会有什么后果。把一个陌生人放在那里，而他很有可能就是德国人暗中派来的。不让外人知道我们炼铜的秘密，对你的利益很重要。”

图尔恰尼诺夫当然同意了，他心里暗自窃喜，但是他并没有告诉老工匠们，他心想："这想法正合我意。"

你知道吗，当时杰米多夫家族和其他当地的矿场主招收了很多逃亡的人，包括巴什基尔人，还有一些旧教徒等。据说，这些人的佣金比较便宜，而且不用对他们负任何责任，怎么使唤他们都行。而图尔恰尼诺夫对此显然有不同的看法：

"你们招来这些乌合之众，以后就会对他们无法管理，后患无穷。逃亡者都是些老奸巨猾的人，他们也会把身边的人带坏。巴什基尔人有自己的语言和信仰，你们也管理不了他们。最好的办法就是从远方弄来一批工人，并把他们的家人也一起弄来。到时候，他们的家人在这里，他们会跑到哪里呢？他们会安分守己地待在这里干活儿，等我把这一切都办理妥当的时候，我们再看看，谁最终才是受益最大的人。至于那些逃亡者、巴什基尔人或者其他什么人，我可不会让他们靠近我的工厂半步。"

你知道吗，后来的结果果真如此。众所周知，我们工厂都信奉一种教派。我去过塔基尔斯克工厂，那里的信仰多得让人数不清，而我们这里从来没听说过有谁信奉其他的教派。这么说吧，除了矿场主本人，这里连其他民族的人都没有。总之，大家的关系都很和睦。

当时冶炼工匠们说的那些话和图尔恰尼诺夫的想法不谋而合，于是他接着他们的话茬说：

"谢谢你们的指点，老伙计们！我一辈子都不会忘记的！我会按照你们的指点来安排一切的。我会关闭我们原来那个地方的工厂，把所有人都转到这里来。你们也再帮我留意一下更可靠的人，我会把他们都买过来或者长期雇用他们。你们好好干吧，我会对你们……”

也就是说，他又许下了一大堆诺言。这对他来说又有什么难的呢？他又请师傅们喝了点儿酒，吃了点儿好吃的！自己也和他们一起吃吃喝喝、唱歌跳舞。就这样，他哄骗住了这些老工匠。

这些老工匠回到家乡后，都对他赞不绝口：

“我们要去的是一个非常辽阔的地方，那里的矿石种类繁多，铜矿更是丰富，从各方面情况来看，工资会很高。矿场主为人也十分厚道，他和我们一起喝酒娱乐，也不嫌弃我们。在这样的矿场主手下干活儿，没什么可担忧的。”

而图尔恰尼诺夫的手下人马上就来到了这里。他们用一些花言巧语来引诱当地人。就这样，他们不仅给炼铜厂招满了炼铜的人，干其他活儿的人手也招够了。大部分人都签了长期合同，有一些人甚至是买回来的，因为当时还是农奴制，买卖人就像买卖牲口一样。

他们丝毫没有拖延，就在那个夏天，所有人都带着家眷搬到了新的地方，也就是来到了我们的波列瓦亚村。当然，他们的退路已经完全被切断了。不用说买来的农奴，就连签契约来的人也回不去了。仅一项搬迁他们到这里来的路费就高得离谱，他们到死都还不清。再说，他们的家人都被带到了这里，谁又会扔下家人逃离这里呢？谁又会舍得抛弃自己的亲生骨肉呢？图尔恰尼诺夫就是用这种手段把这些人留了下来，所有人都像被一根锁链拴住了一样。

在炼铜厂的老工人中只留下了那个小伙子，也就是把德国人的卑劣行为告诉师傅们的那个人。图尔恰尼诺夫原本也想把他赶到矿山上，但有一个师傅劝阻了他：

“你这是要做什么！小伙子对我们有恩，应该让他干一些技术活儿，他看起来是个聪明人。”

然后他问那个小伙子：

“德国人在的时候，你都干过什么活儿？”

他回答说：“碎石。”

“具体是怎么干的？”

“就是站在捣锤旁边，把矿石捣碎，然后再把大的碎块筛出来。”

那个师傅问道：“碎石这个工种没啥难度。德国人是怎么填料的，你知道吗？”

他回答说：“不知道，他们不让我们的人接触这些，他们有自己的人负责填料。我们只是遵照他们吩咐的方法碎石。但在搬运碎石的过程中，我留心了一下他们填料的方法。我想弄清楚这个秘密。有时能偷看到浇铜工如何清理铜矿中的杂质，但是到熔铜的步骤，他们就不允许我们进去了。”

师傅听着听着，语气坚决地说：

“我收你做我的助手。我会全心全意地教你，但你要告诉我，你在德国人那里看到了什么有价值的东西。”

就这样，这个叫安德烈的小伙子被留在了炼铜的关键岗位上。他很快就掌握了熔铜的技术，而且青出于蓝而胜于蓝了。

两年过去了。波列瓦亚村炼铜厂现在的情况与德国人在时的情况大不一样了，炼出的铜要比德国人在时多了很多倍。我们的古缪什卡矿区也开始声名大噪了，知名度在世界各地传播开来。当然，矿场的工人也增加了很多，而且他们都来自图尔恰尼诺夫以前经营过炼铜厂的所在地区。熔炉旁的工人爆满，而矿山上采矿的工人就更多了。图尔恰尼诺夫看到这一情形心里十分得意，工人越多，他赚的钱也就越多。无论赚多少钱，他都不嫌多，都能找到放钱的地方。图尔恰尼诺夫眼看着一天比一天有钱了，斯特罗加诺夫家族对此非常嫉妒。他们向官府告状说，古缪什卡矿区本是他们的领地，却被图尔恰尼诺夫白白占用了。他们要求官府把这个矿区收回来，交给斯特罗加诺夫家族开采。只是这些年呀，图尔恰尼诺夫早已变得有钱有势了，各级政府官员早就被他收买了，所以他最终赢了与斯特罗加诺夫家族的这场官司。常言道：有钱能使鬼推磨!

可是矿工们的生活却每况愈下，炼铜的师傅们更因为受骗而感到屈辱。

起初，在炼铜厂事业刚起步的时候，图尔恰尼诺夫还经常来看望这些师傅，说话态度也很温和，他说：

"老师傅们，再坚持坚持吧！莫斯科也不是一日建成的，我们的炼铜厂还需要大家坚持不懈的努力。如果我们把炼铜产量搞上去，那么，大家以后的日子就好过了。"

可到头来，哪有什么好日子可过呢？随着时间的推移，他们的日子越来越糟。在矿井里，工人们被往死里打，监工对炼铜工也越来越苛刻，甚至还对最好的炼铜师傅扇耳光，边扇边骂道：

"别以为你们知道炼铜的秘方就有什么了不起，现在我们已经有更好的方法了。我现在就到老爷那儿告你们，看他怎么收拾你们！"

那时候，大家都管图尔恰尼诺夫叫老爷。老爷就是老爷，不能有别的称呼了。他甚至连去炼铜厂要走哪条路都忘记了，看来他也真是没工夫去了，因为钱实在是太多了，数钱的时间都不够呢！

于是，那些曾经劝老乡们搬到这里来的老工匠说道：

“我们要找图尔恰尼诺夫本人谈谈。当然了，他现在成了老爷，可是他毕竟还是个和和气气的人，是懂事理的。他不会忘了和我们一起喝过酒的日子吧？我们去把事情的真相告诉他。”

就这样，他们所有人一起去了。到了之后，老爷家的仆人没放他们进去，解释说：

“老爷喝过咖啡就睡觉了，你们还是回到各自的岗位上好好干活儿去吧。”

人群开始骚动起来：

“他怎么这么会找睡觉的时间啊！这大中午的，他竟然在睡觉！快去叫醒他！让他出来和我们说话！”

听见这些话，老爷就出来了。看来是睡足了觉。他身边站满了许多全副武装的人。而那个炼铜师傅的助手安德烈，是个年轻气盛的小伙子，他并没有被这个阵势吓倒，他说话的声音最大，把图尔恰尼诺夫老爷狠狠地斥责了一顿。最后他说：

“你还记得是我告诉你如何用盐来炼铜的吗？没有这个秘方，你能有今天的财富吗？”

老爷回答说：“我怎么会不记得呢？把这个小子给我抓起来，打他个皮开肉绽，在伤口上多撒些盐！让他好好地记住这个盐的教训！”

不仅小伙子受到了毒刑拷打，其他被老爷点到名的人也都被抓了起来。据说图尔恰尼诺夫是一个十分狡诈的人，他不像官府那样处理事情。他并不是平白无故地抓人，而是有自己的原则——绝不能让自己的利益受到损失。虽然他没有去工厂，但通过自己的耳目，他对工厂的所有事情和所有人都了如指掌。那些平时敢于直言和为工人们据理力争的老工匠都被鞭打了一顿，而那些平时不太爱说话的人却没有遭到鞭打，图尔恰尼诺夫只是威胁他们说：

“你们都给我小心点儿！如果不好好干活儿，就跟他们的下场一样！”

那些胆小的矿工吓坏了，一个人干起了两个人的活儿，干啥都小心翼翼的，生怕出什么差错。但终究是人手不够，怎么会没有损失呢？他们开始一个接一个地承担起老工匠们的职责，而传授安德烈炼铜手艺的老师傅在挨了一顿毒打之后，最终也没能活下来，于是安德烈接替了他的位置。一开始的时候还不错，安德烈表现出一个出色的工匠形象。他的手艺比其他人都好。图尔恰尼诺夫的手下人以为这是理所当然的事情，他们还拿小伙子开玩笑，给他取了一个外号叫“多盐的人”。对此他也没有介意，有时候还自嘲说：

“盐多的肉才结实呢！”

就这样，这些监工渐渐开始信任他了。可是安德烈那个时候却耍了一个花招，他把炉底的结块放进了两个炼铜的炉子里。你听好了，他的破坏干得很巧妙，铜非常牢固，凝固在炉子里的就怎么也拿不出来了。他这一招干得实在是太漂亮了！

他当然被抓住了，然后被拴着锁链送到了山上的矿井里。矿工们听说了安德烈的事，想方设法去营救他，但都没有成功。那里守卫森严，工人们也被严格地管控着……哎，怎么也救不出来他……

一个人被拴在锁链上能坚持多久？就算体格再好，也撑不下去。送来的食物都是坏的，有时有人给他送水，有时没人送，没有水的时候只能喝矿山上的水。这种水对身体的伤害是极其严重的！

这样的苦安德烈大约煎熬了半年，一年过去了，他的身体已经完全垮掉了。人瘦成了一道影子，根本干不了活儿。

矿山的监工对他说：

“再等等吧，很快你就要解脱了。万一不行我们就挖个坑，你也不用再受罪了。”

监工的意思是把他就地埋了了事，况且安德烈自己也知道，他快挺不住了。可是年轻人却不甘心就这样死去。

他心想：“哎，人们都说有铜矿山女神，她似乎会帮助有需要的人。如果真有这么个女神，她怎么不来救救我呢？难道她就眼睁睁地看着我在这矿山上受尽折磨吗？她是什么女神呀？只不过是人们的自我安慰罢了！”

他这么想着想着，就原地倒下了。他“扑通”一声倒在了矿井的水坑里，地面上的水花四溅。水很凉，毕竟是矿坑里的水，但是对他来说已经无所谓了，他没有知觉了，他感觉自己马上就要死了。

他在这里躺了多久，连他自己也不知道，只是他突然觉得身上暖和了。像是躺在草地上，吹着微风，阳光暖洋洋地照在他身上，仿佛现在是割草的季节。

安德烈躺在这里，脑子里却在想：

“这是我临死之前梦到的阳光吗？”

只是他觉得越来越热。于是他睁开了双眼。起初，他还不敢相信自己的眼睛：原来他没有躺在矿井的水坑里，而是躺在一个满是树木的山顶上。四周的松树高耸入云，山上的青草并不茂盛，而且草丛中还有一些小石子，是那种黑色的平板石。他的右手边有一块大岩石，平滑得像一堵墙一样，比松树还高。

安德烈用手摸了摸自己，看看是不是在做梦。接着他又碰了碰旁边的小石头，薅了薅小草，挠了挠自己的大腿，要知道，他的腿上沾满了脏东西……这么说来，他不是在做梦，腿上的脏东西是矿井里的泥浆，而他脚上的锁链却不见了。

他心里琢磨着：看来他们是把我当作死人扔出来了，解开了锁链，然后把我扔在了这里，而我呢，却活过来了。现在该怎么办呢？是该马上逃走，还是再等一等，看看接下来会发生什么事儿呢？到底是谁把我弄到这个地方的呢？

他环顾四周，看到大岩石旁边放着一个用桦树皮做的带盖的小圆桶，桶盖上有一个切成片儿的面包。安德烈高兴极了，他心想：

"这一定是自己人把我背出来的，他们也没把我当作死人。你看呀,吃的喝的都拿来了！他们一定要等到天黑才能过来看我。等他们来了我再问个明白。"

安德烈吃光了一整个面包，连面包渣儿都没剩，圆桶里的"水"也都喝光了，一滴也没剩。这时候他感到奇怪的是，他弄不懂喝的究竟是什么东西。他似乎没有喝醉，反而感觉喝完身体有劲儿了。吃喝完东西后，他感觉身体舒服多了。他多希望永远待在这里啊，可是又突然想道：

"接下来该怎么办呀？要是自己人能来看我还好，要是那些监工在他们之前来了可怎么办呢？我至少得看看我所在的这个地方是哪儿啊！要是能去澡堂子洗个热水澡该多好啊！再能换上一套干净的衣服就更好了！”

总之，他开始烦恼起来。大家都知道，活着的人就要考虑活着的事儿。他爬上了那块大岩石，看到了古缪什卡山，矿场离这里很近，甚至能看见山上的矿工们在干活儿，就像许多苍蝇一样，忙来忙去的。安德烈甚至有点儿害怕了，他担心有人会突然从那个地方看到他。他从石头上爬了下来，坐在老地方思前想后，突然他的眼前出现了许多爬来爬去的蜥蜴，各种颜色的都有。而其中的两只很特别。这两只都是绿色的，其中的一只大一点儿，另一只小一点儿。

这些蜥蜴就这样在他眼前爬来爬去。它们在草丛中窜来窜去，像是在捉迷藏一样。很显然，它们也喜欢晒太阳。安德烈一直盯着它们看，并没有注意到天空已经飘来了一片乌云。雨淅淅沥沥地下了起来，那些蜥蜴顷刻之间就不见了踪影。只有那两只绿色的小家伙还没有躲起来，一直在互相追赶着玩耍，而且离安德烈很近。雨越下越大，于是它们躲在了小石子下面。它们的小脑袋伸进了小石子的下面，然后就不见了。安德烈对这两只蜥蜴产生了兴趣。他没有躲雨。天很暖和，显然雨不会下很久的。安德烈索性脱掉了衣服。

他心里想，就让雨水把他身上的泥巴冲洗掉吧，然后他把自己的破衣服铺在了地上。

雨停了之后，蜥蜴们又出现了。它们窜来窜去，每个小家伙的身上都是干干爽爽的。可是安德烈却感到浑身发冷。傍晚来临，阳光已经没有那么充足了。安德烈突然想道：

“人类要是也能像蜥蜴一样该多好呀！只要藏到石头下，

就是回自己家了。”

这时，他一只手按着那块大岩石，从上面观察矿场里的动静，也看了看古缪什卡山的景色。他并没有使劲儿，只是轻轻地推了一下石头的最底端。突然石头晃了一下，就朝他的方向倒了过来。安德烈下意识地躲开了，可石头又回到了原处。

他想，这也太奇怪了，多么大的一块石头啊，竟然这么不牢固，差点儿没把他砸死。

尽管如此，他还是凑近了这块石头，从各个方向察看它。石头上一条裂缝也没有，底部深深地扎入地下。他用双手使劲儿地按住一个地方，然后又去按另一个地方。嗯，岩石就是岩石，很坚硬，但它怎么会晃动呢？

“看来，是因为我头晕而出现的幻觉。”安德烈想了想，又回到老地方坐了下来。

那两只蜥蜴还在这儿窜来窜去的。其中一只把头伸进了安德烈最开始摸石头的那个地方，石头就摇晃了起来。石头的两边突然出现了一条裂缝，蜥蜴从这里钻了进去，裂缝马上就消失了。另一只蜥蜴跑到石头的另一端，马上藏了起来，像是在为他守卫一样，不时地会伸头看看安德烈。

“也就是说，它会从这里钻出来的，再没有别的出口了。”

安德烈稍稍等了一会儿，从石头底部又出现了一条明显的裂缝，它渐渐开始变大。在石头的另一端，蜥蜴探出头来，环顾着四周，看看另一只蜥蜴在什么地方，而这另一只则蜷缩在那里一动也不动。突然，这只不动的蜥蜴跳到了另一只蜥蜴的背上，仿佛在说：“抓住你了！”它的小眼睛闪闪发光，充满了喜悦之情。然后它们两个小家伙就都跑开了。安德烈只看到了这两个小家伙，它们似乎在告诉安德烈，可以从哪儿进去，再从哪儿出来。

他又看了看那块大岩石。完好无损呀，甚至连一点裂痕都没有。

他想："哼，我再试一次。"

他又碰了碰这块石头的同一个地方，石头又倒向了安德烈。只是安德烈这次没有在意，他往石头下面看了看。那里有一个楼梯，非常漂亮。你知道吗，就跟老爷家的新房子里的楼梯一样漂亮。安德烈下到了第一个台阶，而那两只蜥蜴就向他的前方冲了过去，像是在给他领路一样。他又下了两级台阶，而他的手却一直在扶着石头，他心想：

"如果我放手，它就会把我关在里面。到时候万一陷在黑洞里可咋办呀？"

想到这儿，他不往前走了，两只蜥蜴也都停了下来，看着他，似乎在等着他。这时安德烈突然明白了：

"难道是铜矿山女神在考验我，看我是不是很勇敢？据说这一点是她最看重的。"

所以他马上拿定了主意，勇敢地向前走去，当他的头已经到了石头裂缝的下面时，他把手从石头上放开了。石头缝自动合上了，而石洞里就像升起了太阳一样明亮，一切都清晰可见。

安德烈一看，他的前面是一道刻有花纹的双扇石门，右手边是一扇单层小门。两只蜥蜴向这扇小门爬过去，意思是让他往这里走。安德烈推开小门，里面是一间浴室。这里的设施很齐全，有蒸浴床、水槽、舀子等，只不过都是石制的。只有一个浴帚是用桦树枝条扎成的，用来拍打身体。浴室里的温度很高，要对自己的耳朵做好防护。看到这一切，安德烈高兴极了。他想做的第一件事就是把身上的破衣裳放到蒸汽炉子的石板上烤干。只是他刚脱下来，衣服就不见了。他回头一看，长凳子上整齐地摆放着一摞新衣服，衣架上也挂满了他喜欢的衣服。衣服的款式各式各样：有贵族穿的、商人穿的，还有工人穿的。这时安德烈想也没想，直接爬上了蒸浴床，痛痛快快地洗了个蒸汽浴，浑身上下还用浴帚拍打了一遍，洗得舒服极了。于是他坐下来休息，然后习惯性地穿上了工人穿的衣服。他从浴室里走了出来，而那两只蜥蜴一直在大门口旁等着他。

安德烈推开门愣住了，这里是什么地方呀？眼前豪华富丽的大房间是他做梦都没有见过的。四面墙壁镶满了宝石，屋子的中间有一张桌子，桌子上摆满了各种食物和饮品。安德烈已经饿了很久，他毫不犹豫地坐到了桌前。食物都是普通的食物，但饮品他不清楚是什么，味道与他在那个圆木桶里喝过的东西一样。这种饮品劲儿很大，但是他并没有喝醉。

就像参加某个盛大的节日或婚礼庆典一样，安德烈酒足饭饱后，向两只蜥蜴鞠了一躬：

“女主人们，感谢你们的盛情款待！”

而那两只蜥蜴正坐在高高的长凳上，晃荡着小脑袋，仿佛在说：

“不客气，尊贵的客人！不客气！”

紧接着，体型小一点儿的那只蜥蜴从长凳上跳了下来，向前面爬去。安德烈跟在它后面。它爬到床边停了下来，像是在说现在上床睡觉吧！那张床铺得太平整了，简直不忍心去碰它。可是安德烈还是放下顾虑，躺到了床上，他一躺下就马上睡着了。这时灯也熄灭了。

与此同时，古缪什卡矿区的监工正在发愁呢。早晨的时候他想看看被拴在矿井里的那个人是否还活着，结果发现那里只剩下一条锁链了。监工急坏了，开始到处打听：

“他跑到哪儿了呢？现在可怎么办呀？”

监工到处找，但连个人影儿也没找到。他不清楚是谁帮这个人逃走的，更不敢告诉上头的管家，否则自己就要承担责任，管家会说他监管不到位。于是监工想出了一个办法，他把这个地方上面的顶层弄塌了。这种破坏性的行动干起来可是非常艰难，但他还是想出了一个巧招干完了。他先从矿井的侧面挖开一个口，然后从上面开始掏土，最后他才把这件事汇报给了他的上司。很显然，他的上司对这件事没太深究，就相信了他说的话。

他说：“因为矿顶塌了，所以呢，那个家伙就被压在了下面，只能勉强看到锁链。”

监工还补充说：

“再去挖开土堆把他拽出来也没有什么意义了。你瞧，这矿顶也太不牢固了，真正的矿石早就被采没了，而死人躺在哪里还不都是一样。”

矿工们当然一看就明白这里是有人暗中捣鬼，但他们都保持了沉默。

他们想，安德烈已经受尽了折磨，谁又有什么办法能帮助他呢？

就这样，管家对老爷说：

“那个故意破坏炼炉的‘多盐的人’被塌方砸死了。”

即便在这个时候，老爷也没忘记维护自己的利益。

他说：“这是上帝对他的惩罚。我们得把这件事告诉神父，让他告诫人们，反抗老爷会是什么下场。”

神父们开始到处宣扬。所有人都知道安德烈因为矿井的塌方而被砸死的事情了。当然了，大家都表达了惋惜之情：

“他真是个好小伙子。这样的人现在不多了。”

而安德烈这时在干什么呢？他洗过澡之后就睡着了。他的床又暖又软。他睡了一天又一天，翻个身又睡过去了。终于有一天，他睡醒了，之后他感到神清气爽，似乎从来没有生过病，也从来没有在矿井里遭过罪。他打量了一下四周，发现桌子上又摆满了各种食物，两只蜥蜴又都坐在长凳上，不时地看着他。

安德烈吃饱喝足之后，向两只蜥蜴鞠了一躬，说道：

“现在是时候回应图尔恰尼诺夫老爷对我的严刑拷打了。我得回去给他点儿颜色看看，让他痛哭流涕。”

这时，那只小一点儿的蜥蜴马上从长凳上跳了下来，向前爬去。安德烈跟在它后面。蜥蜴把他带到了另一扇门前。他打开了门，那里是通向天花板的楼梯。天花板上有一个半圆形的、像门把手一样的小铜环，安德烈立刻明白了它的用途。他沿着楼梯往上走，拧了一下铜把手，出口就打开了。安德烈又回到了那座山上，现在已是傍晚时分，太阳开始落山了。

他心想：“这个时间正好，我可以趁天黑去一趟矿场。也许我会碰到个熟人，顺便打听一下矿场的情况。”

安德烈悄悄地走着。当然了，他非常小心谨慎，免得被坏人发现。他偷偷地走近了矿场，躲在了一片石楠花灌木丛的后面。矿场上的人很多，但没有什么合适的时机。走过来的要么是成群结队的人，要么就是他不想见的人。天已经黑下来了。这时，有一个人走了过来，离安德烈很近。这小伙子傻头傻脑的，但很可靠。他和安德烈一起在熔炉旁边干过活儿，也一起去过古缪什卡矿区。安德烈对他低声说：

“米哈伊洛，过来！”

米哈伊洛一开始朝着声音这边走过来，然后停了下来，问道：

“是谁在叫我？”

“过来呀，是我，走近点儿。”

米哈伊洛又走了几步，看来他有点儿害怕。这时，安德烈从灌木丛里伸出头，想让米哈伊洛打消疑虑。可米哈伊洛却大叫一声跑掉了。这个时候，上天好像故意和安德烈作对似的，恰巧又有个女人走了过来。她也看见了安德烈，突然大叫起来，她的叫声震耳欲聋：

“啊，我的老天爷啊，见鬼了！啊，见鬼了！”

米哈伊洛也喊道：

“我看到了‘多盐的人’安德烈！长得和下矿前一样！他就在那边的石楠花灌木丛的后面呢！”

人们开始担心起来。大家纷纷从矿场跑了出来，而管家走在最前面。跟在他后面的人说：

“我们倒要看看这到底是个什么家伙！”

大队人马越来越近，这时安德烈觉得有些不安起来。

他心想，现在不应该露面，万一某些人因为他而受到惩罚呢？

于是，他向森林的深处走去。而人们不敢往森林的深处走，在灌木丛中转了几圈后，就纷纷回去了。

这时候，安德烈拿定了一个主意。他穿过森林，绕过古缪什卡山，摸黑直接来到了炼铜厂。那里的人们看到他，害怕得不得了。人们慌慌张张地向四处逃散，夜班监工甚至吓得爬上了屋顶，第二天人们才把他从屋顶上救下来，他被吓昏过去了……安德烈在炼炉附近走来走去……他又把炉子里的铜凝结了起来，然后就亲自去找老爷了。

当然了，图尔恰尼诺夫老爷也听说了死人复活的事，他吩咐手下人把神父叫来，可是这个时候神父们却都不见了踪影。于是老爷把自己牢牢地反锁在屋子里，告诉属下不给任何人开门。安德烈一看，他也见不到老爷，只好又回到老地方——那个富丽堂皇的石头宫殿里。他心想：

“等着瞧！你给我伤口撒盐的这笔账，我早晚要和你算！”

第二天，炼铜厂里一片混乱。这里出现了一个严重的事故，所有炉子里的铜都变成了铜疙瘩，粘在炉底拿不出来了。老爷见状号啕大哭。古缪什卡矿区那里也挤满了人。老爷吩咐他们把被塌方压住的尸体挖出来交给神父，让他们按照所有仪式好好地安葬他，以免他再出来兴风作浪。

人们把塌方的地方清理出来了，却不见尸首，只剩下一条锁链和一副完好无损的脚镣，甚至连一点儿被锯过的痕迹都没有。于是大家把监工拽了过来。他开始还想抵赖，想把责任推到工人身上，最后没办法，还是把事情的真相讲了出来。有人把事情的来龙去脉告诉了老爷，老爷立刻换了一副面孔，怒吼道：

“既然他还活着，就快去把他抓回来！”

他把自己所有的手下人都派到森林里去搜查了。

安德烈根本不知道这件事，晚上他又上山了。显然，地下的宫殿再好，也没有在山上自在。他坐在大岩石旁边，想着要怎样才能见到自己的朋友。同时，他还惦念着一个心爱的姑娘。

“她不会也相信我已经死了吧？大概她也哭了很久吧？”

偏偏不凑巧，这时有两个女人正朝森林这边走了过来。也许她们是在割完草回来的路上，也许是来采浆果的……哎，夏天来森林的人怎么会少呢？她们离这里越来越近了。开始的时候，安德烈听到了她们唱歌的声音，接着又听到了她们的谈话声。

其中一个女人说道：

“我想，塔修特卡也应该知道了安德烈的事吧？你知道吗，听说他还活着呢！”

另一个女人回答说：

“他当然还活着了！他可是把所有的炼铜炉都毁掉了呀！”

“是呀，塔修特卡可怎么办呢？她会去找他吗？”

“塔修特卡就是个傻瓜。昨天我还跟她说让她去找他，可她就是相信那些老婆婆说的话。她担心安德烈会到她家的窗下，自己正在家哭鼻子呢。”

“她真傻。这样的人有啥值得她伤心难过的！如果我碰到这样的男人，就算是死了，我也不伤心。”

安德烈听着听着，就特别想看看是谁在背后这样指责塔修特卡。但他转念一想：“能不能通过她们两个给塔修特卡传个信呢？”

于是，他朝着声音传来的方向走去。他一看，这两个女孩子他都认识，只是现在他无论如何也不能出现在她们面前。你看，现在有好多人走过来了，而且他们之中还有一些孩子。哎，这怎么能露面呀？

他左顾右盼地迟疑了一阵子，始终也没敢露面，后来他就返回去了。

他坐在老地方，心烦意乱。然而就在刚刚，老爷的一个狗腿子认出了安德烈，并悄悄地把这个消息传给了别人。于是来的人把小山包围了，大家都兴奋起来，领头的喊道：

“抓住他！”

安德烈看到他们从四面八方跑过来……于是他按了下石头，进了洞里。守卫们跑过来，没看见人。他躲到哪里了呢？他们开始推那块石头，但累得气喘吁吁的。这石头哪能是他们推得动的！他们想了想，恐惧再次袭上他们的心头：

“看来，他真的变成鬼了，要不然，怎么能钻进这石头里呢？”

他们跑到老爷家里，把刚才发生的事情从头到尾讲了一遍。老爷听了之后吓得浑身发抖。

他说：“我要到瑟谢尔季市一趟。那里有急事要办。我不在的时候，你们一定要把他抓住。要是抓不住，看我回来怎么收拾你们。”

老爷威胁完之后，骑上马就赶往瑟谢尔季市了。手下人不知如何是好。没办法，只好每天派人去巡山。而躲在石头下面的安德烈也在想：“我该怎么办呢？在这里闲着没事儿干，不习惯，还出不去。”

他又想：“夜里我倒可以试一试。如果趁天黑能溜出去，到时候再见机行事。”

安德烈下定决心这样做了，他想随身带点儿吃的东西上路，可那两只蜥蜴不知跑到哪里去了。它们不在这里，这让他感觉很不舒服，感觉自己像小偷一样拿走了东西。

他想：“算了吧，没有吃的东西也能挺过去的。只要我活着，我就能找到吃的东西。”

他又看了眼富丽堂皇的石屋，又欣赏了一下这里美妙的一切，然后说道：

“谢谢你，这座房子，我要去别的房子了。”

这时，屋子的主人——铜矿山女神突然出现在他的面前。小伙子惊呆了，哇！她可太漂亮了！可铜矿山女神却说：

“上面已经没有你能走的路了。你得走另一条路。吃的东西不用担心，你想吃什么就会有什么，这是你应该得到的。这条路会把你带到你想去的地方。现在你可以从那扇门出去，只是你得答应我，不能回头看。你能记住吗？”

“我不会忘记的，”他说，“谢谢你为我所做的一切。”

他向女神鞠了一躬，朝门口走去，而那里站着一个和她一模一样的姑娘，好像比女主人更漂亮。安德烈没有忍住，他回头看了一眼，想确认女主人是否还在那儿。铜矿山女神用手指着他，威胁道：

“你说过的话，这么快就忘了吗？”

“我忘了，”他回答说，“我真是昏了头。”

她说：“哎呀，你这个‘多盐的’家伙！你这小伙子哪方面都不错，一看见姑娘就露馅儿了。现在我可拿你怎么办呢？”

他说：“你想怎么办就怎么办吧。”

“好吧。第一次我就原谅你了。下次不许再回头了，否则就会大祸临头的。”

这次安德烈径直走了，而另外那个姑娘亲自给他开了门。那里是一条水平坑道。里面很亮，一眼望不到头。

后来，安德烈是否又回头看了，那条坑道究竟把他带到哪里去了，老人们并没有对我说。只是从那以后，这个小伙子就再也没有在我们这个地方出现过，他永远留在了人们的记忆里。

他可把图尔恰尼诺夫老爷害惨了！

图尔恰尼诺夫老爷手下的那些人也被折磨惨了，他们一直在看守着那块大岩石。日日夜夜在石头周围巡逻。矿工们有时还特意去看看这些笨蛋。很显然，这些狗腿子时间一长也生厌了，后来竟想到用炸药去炸这块大岩石，并把矿工们赶到了那里。当然，他们还是把石头炸碎了，从那以后，老爷的精神才恢复了正常，他不再担惊害怕了，但又开始责骂起手下人来。

他大喊道："你们天天空守着一块破石头，也不知道厂里和古缪什卡矿区遭受了多大的损失！瞧,监工的屁股都被火烧着了。这成何体统呀！"

（本作品创作于 1939 年）

小塔尤特卡的小镜子

帕维尔·彼得罗维奇·巴若夫 著
单妮娜 译

矿山里还发生过这样一件事。

在一个矿井底部发现了一处薄片石矿。这种矿石只要被敲碎了，就会出现一个又光滑又平整的棱面，像镜子一样闪闪发光。谁看了都会喜欢上它。

不过矿工们却顾不上高兴。大家都听老一辈人说过，这种石头是不祥之兆。

“要是碰到这种薄片石头可得当心了！这是铜矿山女神打碎的镜子。她一旦生起气来，矿井不坍塌，事情是不会收场的。”

大家当然都会尽可能地躲避起来，而最先躲起来的便是矿场的管理者们了。矿场的监工听说了这件事之后，就不往矿井那边走了，而对自己的手下命令道：

“你去叫人把坑道用两个横梁加固起来，然后再把矿井里面所有的东西都清理出去，我再下去检查。”

当时的监工是一个名叫叶拉斯科、绰号叫“猴急”的人。他是个一刻也坐不住的小老头儿，在领导面前，总是一路小跑。领导要是交代点儿什么，他就立刻跑到矿工那里，语无伦次地交代给工人们，急得像是哪里着了火一样。

“快点儿，伙计们，快点儿！矿井里的事儿可不能磨磨蹭蹭的，得三步并成两步地跑起来才行！”

由于他平时总是慌手慌脚的，大家就给他起了个绰号“猴急”。

可到了这个时候，“猴急”的腿却突然不好使了。眼睛也看不见了，想要吩咐别人去替他查看矿井了。他叫来了木匠领班，对他说：

“快点儿去看看，伊万，到那儿好好看看，算一算一共需要运多少根圆木，然后你就抓紧时间开工吧。你也知道，矿井里的事情是不能耽误的，而我却在这个当口不中用了，我感到肋骨刺痛，腰疼得也直不起来了，现在勉强能站住，大概是天气的原因吧。你一个人去办好这件事吧！明天晚上之前一定要完成！”

木匠领班没有办法推托，只好去了，但他并不着急去。不管矿井里的日子多么令人煎熬，也没有人愿意在不该死的时候就提前死掉。叶拉斯科甚至还威胁他说：

“你一定要快点儿去啊，兄弟，快点儿！别东张西望的！你知道，我们会把懒汉都送到消防队的，让他知道什么是十万火急。这样的事情你应该也经历过吧？”

这个被叫作“猴急”的叶拉斯科是个老狐狸。他嘴上说得好听，实际上却是一个十分恶毒的人。毒打工人次数最多的就是他，所以大家都怕他。

第二天傍晚之前，用来加固矿井的横梁就架好了。木料很结实，可再怎么说，压在上面的毕竟是一座大山啊！山要塌下来，再结实的木头柱子也会撑不住的。到时候木头就会像点了火的松明一样裂成碎片，架上去的横梁也会因为承受不住重压而被压成薄饼，这是常理。

无论如何，“猴急”叶拉斯科还是因矿井里架了横梁而壮了壮胆。虽然他反复抱怨着肋骨的刺痛，但还是亲自下到矿井里查看一番。他走进去一看，发现这个矿井十分危险，恐怕工人无论如何也不会下井干活儿的。于是，叶拉斯科心里盘算着，把这个活儿安排给谁最合适。

叶拉斯科手下的工人很多，但是没有比加尼亚·扎里亚更老实、更温顺的人了。他是一个出了名的逆来顺受的好人。或许是因为他从小就被别人欺负惯了，又或许是因为他天性就是如此，总之，他从来不说一句冒犯别人的话。而自从他的家庭遭遇了不幸，他就变得完全像个哑巴一样，什么话也不说了。加尼亚的妻子冬天的时候在池塘里洗衣服，失足跌进了冰洞。她虽然被从冰窟里救了出来，也苏醒了过来，可是她已经被冻出病来了。没等到春天，她就油尽灯枯，去世了，给丈夫加尼亚留下了一儿一女。常言道：祸不单行。

刚来这个世上的儿子没过多久也随妈妈去了，剩下的小女孩还不错，一双眼睛炯炯有神，十分机灵，身体也挺结实，人们叫她小塔尤特卡。虽然她在四岁的时候就失去了妈妈，但她在同龄的那些小女孩中却显得极其聪明，她总是能第一个想出各式各样的游戏来。可是，也正因为这样，她经常会遭到打骂。

女孩子们在游戏中经常吵架，然后大家都哭着去找自己的妈妈抱怨：

“这都是扎里亚家的小塔尤特卡出的主意！”

谁都知道，妈妈总是更怜惜、更疼爱自己的孩子，于是她们总是对小塔尤特卡发出狠话：

“哼，她这个机灵鬼！我们非得把她捉住不可，用树条子抽她！还要让她爸爸收拾她！到时候让她知道我们的厉害，得好好收拾收拾她！”

小塔尤特卡当然是不怕爸爸的。她知道，她就是爸爸的心肝宝贝，爸爸心里只想着她。加尼亚每次从矿场回家后唯一的安慰，就是欣赏他这个心爱的宝贝女儿，听她喋喋不休地说这说那。而小塔尤特卡从来没有向爸爸诉说自己受人欺负的事情，她只记得那些让她高兴的事儿。

加尼亚和他过世的妻子感情很好，他不想再娶一个女人回家，但是他必须得这么做。家里没有女人，他带着一个小女孩过日子自然是很艰难。有的时候，加尼亚下定决心再娶一个女人，可是每当他听到小塔尤特卡的欢声笑语时，就马上打消了这个念头。他心里想：

“瞧，我这个小开心果现在多么开心快乐呀，可是继母一进门，她的一切快乐就会烟消云散。”

加尼亚就这样过着没有妻子的苦日子。他麻烦邻居们帮他烤面包，有什么要做的饭也都放在邻居家的灶上做。他去矿井干活儿的时候，一定会对邻家的老妇人们千叮咛万嘱咐的：

“请你们多费心帮忙照顾我的孩子。”

那些老妇人自然会说：

“好的，好的，放心吧！”

但等他去了矿井，那些老妇人早就忘记了他委托的事儿。每个老妇人自己家的事情都忙不过来，连照顾自己孙子孙女的时间都没有，更不用说还有工夫照顾别人家的孩子了。

最糟糕的是冬天。你知道吗，他们家的小木屋墙面很薄，得生上火屋里才会暖和起来。但是这种事情怎么敢让一个小女孩来做呢？邻居老妇人们又不能及时来照看。小塔尤特卡就只能在屋里挨冻，只有等到晚上爸爸从矿场回来才会生炉子起火。于是加尼亚想出了一个办法：

“我得把小塔尤特卡带在身边才行。矿井里很暖和，她在我自己的跟前，照顾起来也方便。哪怕只能吃干粮，但至少能按点吃上饭呀！”

他就真的这么做了。为了避免井下的监工找麻烦（他会说，女孩子不能下矿井），于是他把小塔尤特卡打扮成了一个小男孩的样子。他给小塔尤特卡穿上了她哥哥的衣服，然后就领着她一起下了矿井。住在他家附近的矿工们都明白加尼亚带进矿井的不是男孩子，而是女孩子。但他们也不会揭发检举的。他们看到加尼亚因为贫苦而迫不得已把孩子带到矿井里来，都很可怜他，也都想办法逗小塔尤特卡玩。毕竟，她还是个孩子啊！每个人都希望她能快活起来。他们在矿井里照顾她，尽他们所能逗她开心。有的把她放在装矿石的空车里兜风；有的把带有花纹的小石头捡来送给她；有的把她抱起来，一边把她举过头顶，一边说道：

“来，咱们从上到下检查一下，看看纳塔尔·加夫里雷奇的鼻孔里积攒了多少矿石灰吧！是不是应该用小凿子把它们抠出来了呢？”

这是大家在跟她开玩笑，并开始按照成年人“名字＋父称”的方式称呼她，叫她纳塔尔·加夫里雷奇。

工人们只要一见到她，就会用这种称呼跟她打招呼：

“哎，纳塔尔·加夫里雷奇！”

“怎么样，纳塔尔·加夫里雷奇，过得好吗？”

“你是来帮你爸爸干活的吗，纳塔尔·加夫里雷奇？这活儿可是真累人啊，我的朋友，真是累人的活儿！你早就应该来了，不然他一个人怎么吃得消啊？”

虽然加尼亚不是每天都带着小塔尤特卡下矿井，但带她下矿井的次数也算十分频繁了。小塔尤特卡对此也已经习惯了，和她爸爸一起干活儿的矿工她差不多都认识了。

叶拉斯科瞄上的就是这个加尼亚。从傍晚开始，他就态度温和友好起来：

“加尼亚，你明天早上就到新加固后的矿井，把矿井里从上到下的矿石都凿出来！”

加尼亚没有马上推托，但是在回家的路上，他一直在想：如果他在矿井里真的出了什么事，那么小塔尤特卡以后的日子可怎么过呢？

他回到家就发现小塔尤特卡的鼻子已经哭肿了，两只小手都被别人抓伤了，眼睛下面还有一大块乌青，裙子也被扯坏了。看来是被人欺负了。不过，小塔尤特卡就是不肯说出自己是被谁欺负了，只是马上央求爸爸道：

“好爸爸，明天带我去矿场吧！”

加尼亚的双手开始颤抖起来，可是心里却想：

“对啊，不如就带她一起去吧。如果我不能活着出来，她还怎么活下去啊！”

于是，他抱起了自己的女儿，到邻居家要了点儿蔬菜汤当作晚饭。接着，小塔尤特卡就蜷缩在长凳上，又恳求道：

“好爸爸，别忘了叫醒我！我和你一起去！”

小塔尤特卡睡着了，而做爸爸的当然睡不着觉了。他一直坐到天亮，把自己的一生在脑海里过了一遍，最后决定：

“带她去吧！就是死也要死在一起！”

一大早，他叫醒了小塔尤特卡，照常把她打扮成了一个男孩子的模样，稍微吃了点东西，就一起去了矿场。

只是小塔尤特卡感受到了一些不同寻常：那些熟识的叔叔伯伯突然变得像陌生人一样。无论她看到谁，谁都会避开她的眼神，就像没看见她似的。也没有人再叫她纳塔尔·加夫里雷奇了。大家似乎都很生气。有一个矿工向加尼亚低声抱怨道：

“你呀，加尼亚，你真不该做出这样的决定，真不该把孩子带来，万一出什么事儿可咋办？在矿井里什么事儿都有可能发生。”

后来有个单身的小伙子也走了过来。他脸色阴沉地低着头，轻声说：

“这样吧，加尼亚叔叔，咱俩换一下位置吧。你和小塔尤特卡去我的位置，我来顶替你的位置。”

其他人也都开始嚷嚷起来：

“那怎么行呢？这件事儿得抽签决定！咱们把‘猴急’叫过来！既然这是人命关天的事儿，就让他给咱们抽签来决定谁去吧！”

但是“猴急”一直也没有来。派去喊他的工人跑回来传话，“猴急”说让大家先下井，不用等他了。他的病又犯了，下不了床了。

就在大家准备自行抽签时，有一个小老头儿出来说话了。这个小老头儿，在工人们中间德高望重。大家都认为他是一个有经验的老矿工，总是很尊敬地直接称呼他的父称，只不过他个子矮小，人们就开玩笑地喊他半个卡尔彼奇。

这位半个卡尔彼奇直接推翻了大家的想法。

“你们先别着急，”他说，“先别着急！这么急有什么用？也许加尼亚比我们想得更周全呢！铜矿山女神一定会宽恕他和孩子的。女神看见孩子就会心软了——你们就放心吧！说不定她还会邀请小女孩到自己家里做客呢。请大家相信我的话。”

半个卡尔彼奇的话消除了人们内心的愧疚感。每个人都在想：“如果他们能自己渡过难关，不是更好吗？”于是就回到各自的工作岗位上了。

小塔尤特卡当然不明白他们争吵的内容，但是关于铜矿山女神的话她却记住了。现在让她感到惊讶的是，矿井里完全变成了另一副样子。以前，矿井里人多的时候，周围总是闪烁着许多小矿灯，可以看见人。有的人在凿矿，有的人把矿石收拢成堆儿，有的人用小手推车把矿石运到一边。可是今天，不知道大家都跑到哪儿去了，只剩下她和爸爸两个人在空荡荡的矿坑里走着，还有就是半个卡尔彼奇紧紧地跟在他们身后。

他说：“我要干活儿的地方与你们去的地方顺路，我陪你们一起去吧。”

他们走着走着，小塔尤特卡突然变得忧郁起来，她就问爸爸：

“爸爸，我们要去哪儿？要去铜矿山女神家里做客吗？”

加尼亚叹了口气，说道：

“那得看运气了，也许能碰到她呢。”

小塔尤特卡又问：

“她住得离这儿远吗？”

加尼亚当然沉默不语了，他不知道该怎么回答她才好，但是半个卡尔彼奇却说：

“矿山上到处都有通往她住处的门，只是我们看不见而已。”

“她很爱生气吗？”小塔尤特卡又问，于是半个卡尔彼奇就兴致勃勃地给她讲起了铜矿山女神的故事来，似乎他是她的亲戚一样。他讲得信手拈来，头头是道，小姑娘眼前出现了一幅活灵活现的画面：铜矿山女神的裙子是绿色的，辫子是黑色的，一只手里拿着一个小洋镐，另一只手拿着一朵小花。那朵小花闪闪发光，比一大块松脂片燃烧起来还亮，但燃烧的时候没有黑烟。谁能让女神看了高兴，她就会把那朵小花送给谁，然后她的手上会立刻出现另一朵一模一样的小花。

小塔尤特卡听得着了迷。她说：

“要是我能有这样一朵小花该多好啊！”

半个卡尔彼奇就应声答道：

“这有什么难的？你如果不害怕而且也不哭，也许铜矿山女神会送给你的。这是件很容易的事儿。”

这下可说到孩子心里去了。小塔尤特卡心里只想着怎样才能快点儿见到女神，想快点儿得到那朵小花，于是她对半个卡尔彼奇说：

“老爷爷，你看着吧，无论怎样我都不会害怕的，无论怎样我都不会哭的。”

说着说着，他们就走到了刚用横梁加固好的地方。果然，支撑的木头都很结实，旁边还有一堆松脂片。加尼亚和半个卡尔彼奇开始把松脂片点着。看来，干这个活儿就得先把火点着了——必须得照亮了才能干活儿，只靠矿井里的灯的亮度是不够的。但是在这种矿井里点火，没人看管着是不行的。

当他们选好合适的地方生火时，小塔尤特卡就站在那里四处张望，搜寻着这里有没有开着的小门，可以让他们到女神家里做客。

她那对小眼睛当然是睿智而充满朝气的。小塔尤特卡突然看见，在距离地面不高的地方似乎有一个小圆洞，洞里有什么东西在闪着光。小塔尤特卡二话没说，马上就朝那个地方悄悄地走了过去，她往洞里看了看，那里什么也没有。于是她用她的一根小手指伸进去摸了摸。她觉得里面很光滑，但边沿却不怎么光滑，像是旧墙面上刮的腻子一样。小塔尤特卡就在那里动手抠了起来，一边抠着，嘴里一边说："我要把这个小圆洞抠大了。"

她很快就把这个地方抠得像浴室里的小窗户那么大了，然后她突然放声大哭起来：

"爸——爸，爷——爷，不好了！山里来的大孩子在挠人了！"

加尼亚和半个卡尔彼奇急忙跑过来，看到这样一幅情景：岩石里就像是嵌上了一面镜子一样，但是镜面是向里面凹进去的，所以映出来的人特别大，而且还难以辨认出来。起初他们也吓坏了，但紧接着就明白了是怎么一回事，于是半个卡尔彼奇取笑小塔尤特卡说：

"我们的纳塔尔·加夫里雷奇连自己都不认得啦！你看，不管里面的老爷爷有多大，我都不怕他，我想让他做什么他就做什么。我捏鼻子，他也会捏鼻子，我拉胡子，他也会拉胡子。看，我伸出舌头，他也会张开大嘴把舌头伸出来！那舌头差不多有一根木头那么长呢！"

小塔尤特卡躲在半个卡尔彼奇的身后看了看。果不其然，里面的人就是半个卡尔彼奇自己，只是很大罢了。半个卡尔彼奇做着鬼脸，让她觉得很有趣。于是她自己也站到前面，扮起各种鬼脸来。

过了一会儿，她想看看自己的腿，也就是说，她要把镜子的下半部分也挖出来。于是，她开始顺着小洞的底端往下挖。眼看着矿石碎片随着小塔尤特卡的小手渐渐滑落下来，在她的脚前落了一大堆，她的爸爸和半个卡尔彼奇老爷爷不禁吓了一跳。他们以为矿井就要塌了。加尼亚一把抱起小塔尤特卡，跑到很远的地方，他对女儿说：

“你就坐在这里，我和老爷爷先去把矿井清理干净，弄好了我们就会来叫你。我们不叫你，你就待在这里别动，不然我会生气的！”

小塔尤特卡非常难过，因为不能继续在镜子前面玩了。她有点儿生气，嘟起了小嘴，不过她并没有哭，因为她知道，在大人干活儿的时候是不能妨碍他们的。她坐在那里，觉得很不高兴，无聊地捡着身边的小石头玩。忽然，她发现了一块非常好玩的小石头，只有她手掌那么大，从背面看就是一块普通的矿石，可翻过来看，却像是一个小碗或者小碟子。里面打磨得滑溜溜的，闪着光，而边缘像是粘上了一圈小叶子一样。最让小塔尤特卡高兴的是，从这个小碟子里她又看到了那个大孩子。小塔尤特卡就玩起了这个小玩具。

此时，加尼亚和半个卡尔彼奇正在矿井里拼命地忙活着。开始的时候，他们还谨小慎微的，后来就用尽了全身力气大干起来。他们用小镐从那个洞里平滑的地方往上凿，凿下来的岩石都是一小块、一小块的。靠近矿顶的地方比较难凿，因为矿顶很高，他们怕大块的矿石会坍塌下来。半个卡尔彼奇让加尼亚站在矿井口，以防小塔尤特卡在危险的时候靠近，他自己却爬上了用横梁支撑的矿井的顶部，用一只手把矿顶上的矿石碎片都清理干净了。之后，矿井上方的岩石露了出来，那块岩石就像是一个倾斜着的大碗，边沿还刻着好多花纹，石头非常坚硬，用采石镐都挖不动它。

半个卡尔彼奇为了检验这个“大碗”形的石头是否结实，用镐头不知道凿了它多少次。起先，他只是小心翼翼地在靠近岩石底端的地方凿，后来就用尽了全力挥动着镐头，一边凿一边说：

“你看我不把你这个老头儿砸个鼻青脸肿的，让你再敢朝我挥动镐头！”

半个卡尔彼奇不停地挖着，那个像大碗的岩石只是发出砰砰的响声，却连一点儿被镐头凿过的痕迹都没有。两个人这才确信这块岩石有多么坚硬。加尼亚跑出去喊小塔尤特卡。她来到矿井里看了看，说：

“我也有一个这样的东西！”然后把那块小石头拿了出来。

大人们一看，还真是一样，小石头也像是个碗，边沿的花纹也跟这个大石头的一模一样，什么都一模一样，只是更小罢了。于是半个卡尔彼奇说：

“小塔尤特卡，这是铜矿山女神送给你玩的东西，或许她是为了让它带给你好运的。”

“不是的，老爷爷，这是我自己找到的。”

加尼亚也极其惊讶，他说：

“这种巧合也太不可思议了！”

他们顾不上再争论了，马上开始行动起来。他们先到小塔尤特卡坐过的地方翻看了一遍所有的小石头，可是一块类似的石头也没找到。于是半个卡尔彼奇说：

“你们瞧，这是块多么神奇的石头啊！这样的石头再也找不到第二块了！你好好把它藏起来吧，小塔尤特卡，不要给任何人看，要是让矿场主们知道了，他们会把它抢走的！”

小塔尤特卡听见这番话，就大声喊了起来：

“我是不会给他们的！我谁也不给！”

然后她飞快地把那块小石头塞到了自己的衣服里，还用一只小手紧紧地按住了它。她说，这样会更安全些。

傍晚的时候，消息就在矿场里传开了：

“加尼亚他们的活儿干得还算顺利。他和半个卡尔彼奇老爷爷两个人不仅把矿井里的矿石都凿下来清运干净了，而且还挖出了一面大镜子。那面大镜子是一大块完整的石头，上面一个污点也没有，边沿还刻着花纹。”

自然，每个人都很好奇。这件事情一经传出，大家就纷纷跑过来看。他们一看，矿井里挖掘面的上方果真悬着一面大镜子，镜子边沿镶满了矿石，就像是人工雕刻的一样。但是镜子并不是平面的，而是凹面的，形状像碗一样：中间很深，越往边沿越平滑。跑到镜子前去看的人，先是吓得急忙向后一闪，紧接着就会哈哈大笑起来。你知道吗，那个镜子照出来的与本人一点也不像。有的人鼻子像岩石那样大，有的人胡子粗得像一根根翘起来的木头。看起来很吓人，但又非常好笑。矿井口周围挤满了人。老人们却担忧起来，他们连声说：“你们不要笑了，这件事情很严重。”但是年轻人一直笑声不止，他们哪还能停得下来啊！他们吵吵嚷嚷了一阵子，互相取笑着。这时，不知是谁把小塔尤特卡抱到镜子前，喊道：

“就是里面的这个大家伙发现这面镜子的！”

其他人也附和着：

“可不是嘛！要不是小塔尤特卡，咱们哪能有机会找到这么好玩的镜子呢？就把它叫作‘小塔尤特卡的小镜子’吧！”

可是小塔尤特卡却沉默不语，她的一只小手把自己的小镜子按得更紧了。

“猴急”自然也听说了这件事，于是他的病马上就好了。他下到了矿井里，来到加尼亚的矿井里的挖掘面上。他在往前走的路上，还记得自己佯装的病痛，还记得走路要一瘸一拐的，但在他查看了矿井里的情况之后，又看到大家一点儿也不害怕，就立刻小跑起来，用他一贯的方式大喊道：

“赶快啊，伙计们，快点儿到地面上去！可不能在这儿等到半夜啊！矿场里的正事儿可不能耽搁啊！有什么大惊小怪的，只不过是矿井里出现了一个光滑的平面而已！”

而他自己，以他那狗腿子般的习性，心里早就做好了另一番盘算：

“监工我是不会告诉的，我要直接去找管家。我要告诉他，这是按照我的指令，才会在矿井里挖出来一个这么神奇的东西的。这样，奖赏就是我的了，就没有监工的份儿了。”

于是，他直接去找了管家，可等他到那里一看啊，监工早已坐在那里等候管家了，还对他冷嘲热讽起来：

“哎哟，我亲爱的叶拉斯科，你这么快就康复了啊！我还以为，你没去看那个你没在的时候被挖出来的宝物呢！”

叶拉斯科连忙说道：“我就是为这事儿来的，正想告诉你呢。”

可是监工接着挖苦他说：

“我看，你的腿脚是真不行了。要不然，这种事儿你怎么能不亲自去干呢？”

叶拉斯科听了这番话，心里很不是滋味，但表面上还故作镇定。他想了又想，终于想出来一个对付监工的办法：必须得给矿场主的外国太太写封信，到时候再看事情如何收场。

于是他真写了这封信。他写了事情的经过，最后他也写道，是在监工本人的监管之下，矿工们在矿井里发现了一面神奇的镜子。不用说，这一定是铜矿山女神的宝镜。不知道您愿不愿意到矿场里来欣赏欣赏呢？

叶拉斯科的这个阴谋得逞了。他很清楚，管家一定会把这件事告诉给矿场主老爷的，只是老爷不会理睬他的。当时的那位老爷对什么事都漠不关心，他唯一关心的事情就是——赚更多的钱！但是，老爷那位从外国娶过来的太太可不一样。

人人都知道，当时的贵族老爷圈里流行出国旅游。这位瑟谢尔季市老爷就是这么想的：

“我难道不如其他的矿场主吗？我也要去国外看看，见见世面，也展示展示自己的实力。”

于是，他去世界上温暖地区的海边转了转，直到把钱快花光了才想起来回家。只不过他的旅行路线要经过德国的领土，你知道吗，头脑灵活的德国人是很擅长做外国人生意的。

他们发现，这位老爷的头脑不太灵光，但是身上却带着一大笔钱，于是他们就费尽心思去讨好他。尤其是知道他还是单身汉的时候，就安排了诱饵等他上钩。也就是说，他们让一个体态臃肿、脸蛋还算漂亮的德国女人去引诱他。这样的德国女人是当时的德国男人们都不看好的类型，但是他们争先恐后地在这位俄国来的老爷面前大肆夸赞起来：

“她可是最适合的未婚妻人选啊！你就是在全世界打着灯

笼找，也找不到这样的美人啊！你要是能把她娶回家，邻居们一见她，都会羡慕得眼睛放光的！”

老爷把这个骗人的谎话当了真，竟然马上就要娶了这个德国女人。而且让他感到高兴的是，这个德国女人在举行婚礼之前一直表示她很愿意和他一起到新的地方生活。可是，当他们在教堂举行了婚礼，老爷在塞给他的一系列婚书上签了字之后，她说话的口气就变了。这位刚进门的新娘理直气壮地向他宣布：

“我亲爱的朋友，我可不愿意和你到那么远的俄国。我更习惯于这里的生活，而且这里对你的健康也有好处。”

老爷听了之后当然火冒三丈：

“为什么会这样？你在结婚之前说的完全是另一套话！你的良心何在？”

可是这个德国女人反而嘲笑起他来：

“按照我们这里的传统，新娘子是不应该有良心的。有良心的女人就会一辈子嫁不出去，这可不是女孩子们想要的。”

这样一来，老爷十分恼火，用各种各样的话来责骂妻子，可是她却怎么都不改变态度。她还是坚持着她自己的那一套：

“这样的事情你得在举行婚礼之前就签进协议里，现在说这些还有什么用？如果你需要回去，那你就一个人回去好了。只要你能按时给我寄钱，无论你在那里住上多久，甚至是永远也不回来，我也不会感到寂寞的。如果你不寄钱给我，我就把你告到法庭上，法律规定丈夫有赡养妻子的义务，我这里可是有你亲笔签名的婚书呢！”

怎么办呢？老爷不敢一个人回家，怕被大家笑话，因此就留在德国了。他在那里住了很久，工厂赚来的钱都花在德国人身上了。后来可能是生意亏了本，或者是别的什么原因，最终老爷总算是把自己的德国太太带到瑟谢尔季市来了，他对她说：

“你就待在这里吧。”

可是，她待着很无聊，就别出心裁地搞出了各种花样。你看见亚速山上那座带瞭望台的房子了吧，据说，在修建这个瞭望台之前，那里分辨不出来是个什么建筑：不知是修道院，还是磨坊。那个建筑被称作“拉佐尔别墅”，就是这位德国太太居住在这里的时候建造的。她常常带着一大群人，去那里住上两个星期。由于贵族们经常在这里聚会，附近的居民苦不堪言：要么是猎杀了农户家的小羊和小牛，要么就是因为生火而造成了森林火灾。他们只顾自己在这里休闲娱乐，哪里管老百姓的死活！对这里的居民来说，假如有一年夏天这位外国太太没到他们这里来，那就是他们最大的幸事了。

叶拉斯科自然不关心她去哪里作乐，只是不想错过自己得到好处的机会，于是他派信使给老爷、太太各送了这样一封信。果然不出他所料，这个贪婪的女人对此事表现出极大的兴致。第二天，这位德国太太就和她的手下，乘着七八辆三套马车赶回了矿场，下车后的第一件事就是让人把叶拉斯科找来。

“快让我看看，你找到了一个什么样的镜子！”

矿场的管家、监工和其他管理者都跑了过来。他们听到她想下井之后就开始劝说，女人是无论如何也不能下矿井的。但是无论他们怎么说她也不信，仍然坚持下矿井的想法：

“我非下去不可！”

还有一位外国来的小少爷，更是欢呼雀跃。他是跟随在太太身边的一个年轻人。太太说他是她的一个弟弟或是一个什么亲戚，并时刻把他带在身边。这个人不顾一切地嚷嚷起来：

“我和太太去过国外的很多矿井，什么矿井没见过？你们这个小矿井又算得了什么！”

人们没有办法阻止他们，只能让他们下了矿井。所有管事的都惶惶不安，只有叶拉斯科一个人高兴不已，他在太太前面快步走着，举起两盏矿灯给她照明。他把太太领到了那个镜子面前。太太看了看那面镜子。当她和那个小少爷看到镜子里照出来的人像时，也一起哈哈大笑起来，接着她命令叶拉斯科：

“你把这面镜子整个挖出来，让人送到拉佐尔别墅里！”

叶拉斯科连忙向她解释说，这面镜子无论如何都是挖不出来的，而外国太太却固执己见地说：

“我就想把这面镜子放在我的房子里，因为我是这座山的主人！”

她的话音刚落，镜子里就突然“吐”出了许多矿石。太太尖叫了一声，就昏倒了。

周围顿时一片混乱。矿场所有管事的抬起了太太，赶紧把她送到了矿井的出口。只剩下叶拉斯科一个人留在了矿井里。镜子里“吐”出来的矿石一下子砸到了他的腿上，掉下来的小矿石掉落到他的身上，瞬间埋到了他的腰部。虽然后来有人把他拽了出来，但是他的两条腿已经不好使了。自此，他再也不能“猴急”了，再也不能无缘无故地威胁工人们了。

那位外国太太总算是捡回了一条命，但是从那时起，她生出来的孩子都成了傻子，还是那种彻彻底底的傻子，他们吃饭时甚至会把汤匙往耳朵里送，人们无论怎么教也教不会他们。

那个满口自吹自擂的小少爷也撞掉了鼻子尖，像是用刀削下去了一样，鼻孔上开了天窗，这是在警告他：你不要再那样趾高气扬的，没轮到你说话的时候就不要插嘴！

而矿山里的那面大镜子从此也不见了，整个镜子都变成了碎片。

但是小塔尤特卡的那面小镜子却保存了下来。小镜子虽然没有给她带来多大的财富，但是她的一生都过得非常幸福。而那面小镜子，据说她传给了自己的孙女。好像至今还被珍藏着，只是不知道现在它在谁的手里藏着呢！

（本作品创作于 1941 年）